MANDELA

O homem, a história e o mito

Elleke Boehmer

MANDELA

O homem, a história e o mito

Tradução de Denise Bottmann

L&PM EDITORES

Texto de acordo com a nova ortografia.
Título original: *Nelson Mandela*

Tradução: Denise Bottmann
Capa: Ivan Pinheiro Machado. *Foto*: © Richard Kalvar/Magnum Photos
Preparação: Marianne Scholze
Revisão: Lia Cremonese

CIP-Brasil. Catalogação na Fonte
Sindicato Nacional dos Editores de Livros, RJ

B655m

Boehmer, Elleke, 1961-
Mandela: o homem, a história e o mito / Elleke Boehmer; tradução Denise Bottmann. – 1. ed. – Porto Alegre, RS: L&PM, 2013.
224 p. : il. ; 21 cm.

Tradução de: *Nelson Mandela*
Inclui índice
ISBN 978-85-254-2960-5

1. Mandela, Nelson, 1918-. 2. Presidentes - África do Sul - Biografia. 3. Prisioneiros políticos - África do Sul - Biografia. 4. África do Sul - Política e governo - Séc. XX. 5. Apartheid - África do Sul. I. Título.

13-03923 CDD: 923.1
CDU: 929:32

Rua Comendador Coruja, 326 – Floresta – 90220-180
Porto Alegre – RS – Brasil / Fone: 51.3225.5777 – Fax: 51.3221.5380

Pedidos & Depto. comercial: vendas@lpm.com.br
Fale conosco: info@lpm.com.br
www.lpm.com.br

Impresso no Brasil
Inverno de 2013

Sumário

Aan mijn familie

Agradecimentos

Acumulei muitas dívidas enquanto escrevia este livro. Em ordem mais ou menos cronológica, agradeço calorosamente a:

Mark Allix, que percorreu comigo as ruas de Johannesburgo nos anos 80;

Rob Nixon, cujo ensaio "Mandela, Messianism, and the Media" [Mandela, messianismo e a mídia] me abriu novas perspectivas;

Robert Young, que foi uma inspiração com seu *Very Short Introduction – Postcolonialism*;

Stephen Morton e Alex Tickell, que, com nossas conversas sobre o terror colonial, ajudaram a conceber este estudo;

Achille Mbembe, por suas reflexões sobre a violência na pós-colônia;

Leela Gandhi e Catherine Clarke, por dizerem que era mais do que necessário um estudo reflexivo pós-colonial sobre Mandela;

Ed Larrissy e a Faculdade de Inglês da Universidade de Leeds, Simon Glendinning e o Fórum Europeu, e Mieke Bal e sua equipe da Amsterdam School for Cultural Analysis em Amsterdã, por aceitarem minhas comunicações sobre Mandela, o "terrorista pós-colonial", em seus congressos em 2005 e 2006;

O periódico *Parallax*, por publicar o artigo "Postcolonial Terrorist: The Example of Nelson Mandela" no número especial 37 sobre "Agitação" (outubro-dezembro de 2005), que nasceu dessas comunicações;

Tim Brennan e Keya Ganguly, coparticipantes no congresso da ASCA, pelas perguntas profundas que alimentaram o debate;

Derek Attridge e David Attwell, pela orientação e apoio moral;

Marsha Filion, Luciana O'Flaherty e James Thompson, da Oxford University Press, pelo incentivo e auxílio;

Geerthi Ahilan e sua turma do 5º Ano de 2004-2005 na Escola Primária de St Ebbe, da rede escolar mantida pela Igreja da Inglaterra, por tratar da questão "Quem é Nelson Mandela?";

O Departamento de Inglês de Royal Holloway, da Universidade de Londres, em particular o grupo de trabalho informal de Bob Eaglestone, Christie Carson e Jenny Neville; também o chefe de departamento Robert Hampson, Ewan Fernie, Anne Varty, minha companheira de baldeação, e a insubstituível Alice Christie – todos pelo incentivo e apoio inestimável;

A Licença-Prêmio de Pesquisa Arts and Humanities Research Council NA/E503543/1, que foi indispensável para facilitar o período de redação do texto;

O maravilhoso Grupo de Pesquisas Pós-Coloniais de Royal Holloway, por se empenhar em discutir minhas ideias ainda incipientes sobre Mandela, em particular Helen Gilbert (por suas reflexões sobre os corpos atuantes pós-coloniais), David Lambert (por suas admiráveis considerações analíticas), Nicole King (por seu profundo conhecimento da política e da bibliografia afro-americana);

Danielle Battigelli e James Rogers, pelo entusiasmo e pelo guarda-pó com logotipo;

Jo McDonagh, pelos *Espectros* de Derrida e as xícaras de chá bem forte;

Susheila Nasta, minha coeditora em "Cultures of Terror", o número especial de *Wasafiri*, por seu aconselhamento;

Shaun Johnson, diretor executivo da Fundação Mandela Rhodes, por atender a minhas indagações sobre o fenômeno Madiba;

O Departamento de Inglês da Universidade de Stellenbosch, em especial Dirk Klopper e Meg Samuelson, por me receber durante um período crucial de pesquisas para este livro;

Sarah Nuttall, que, salvando-me num final de semana chuvoso no Cabo, acolheu-me a uma mesa coberta de livros de arte, brinquedos infantis e comentários muito interessantes;

Isabel Hofmeyr, pela inspiração e por seus indicadores históricos;

Simphiwe Yako e Andre Mohammed, arquivistas do Arquivo Mayibuye, da Universidade do Cabo Ocidental, e Carol Archibald da Seção de Documentos Históricos da Biblioteca Cullen, na Universidade de Witwatersrand, pela ajuda e conselhos;

David Medalie, intrépido condutor pelas ruas de Johannesburgo, principalmente a Kort Street, no horário de pico, em 2006;

Karina Szczurek e Andre Brink, pela hospitalidade e pelos úteis pontos de referência;

O Centro de Memória e Diálogo na Fundação Nelson Mandela, especialmente o Gerente de Projetos Verne Harris, pelo inestimável apoio na pesquisa;

Mike Nicol, pela estimulante conversa por e-mail sobre a hagiografia em torno de Madiba;

Judith Brown, por suas reflexões sobre Gandhi, o cavalheiro vitoriano;

Josée Boehmer-Dekker, Ilona Berkhof e a equipe da Thuiszorg em Haia, pela ajuda fantástica no último ano de vida de minha mãe, que foi também o último ano de preparação deste livro;

Sandra Assersohn, grande pesquisadora de imagens;

Alison Donnell, Saul Dubow e Steven Matthews, pela leitura cuidadosa da versão final numa época muito ocupada, e William Beinart, pelos comentários ponderados e bem sintonizados;

Steven Matthews, mais uma vez, e Thomas e Sam Matthews Boehmer, por manterem o mundo girando e o sol percorrendo o céu;

Agradecimentos a Faber and Faber Ltd pela autorização de citar “Brief Dream”, de Samuel Beckett, em *Collected Poems* (2007). O poema foi publicado inicialmente em Jacques Derrida e Mustafa Tlili (orgs.), *For Nelson Mandela* (Seaver Books, 1986).

Abreviaturas

MAA	Movimento Anti-Apartheid
CNA	Congresso Nacional Africano
MCN	Movimento da Consciência Negra
MK	Umkhonto we Sizwe ("Lança da Nação")
CPA	Congresso Pan-Africanista
PCSA	Partido Comunista Sul-Africano
CISA	Congresso Indiano Sul-Africano
CVR	Comissão da Verdade e Reconciliação
FDU	Frente Democrática Unida
LJCNA	Liga da Juventude do Congresso Nacional Africano

Mapa da África do Sul durante o apartheid

Capítulo 1

Mandela: história e símbolo

O sobrenome xhosa *Rolihlahla* significava que ele poderia criar problemas. O honorífico de clã *Madiba* o associava à sua linhagem aristocrática tembu. E o nome europeu *Nelson*, o mais conhecido, que lhe foi dado pela professora da escola primária, imprimiu em sua vida o nome de um dos heróis navais do império britânico. Entre esses três marcos dados pelos nomes – significando respectivamente resistência, alta posição social e heroísmo –, a vida de Nelson Rolihlahla Mandela apresenta aspectos extraordinários, dignos de virarem mito. Seu rosto e sua figura, o braço erguido em saudação e o ingresso na liberdade estão entre os ícones mais reproduzidos do século XX.

Nelson Mandela – há como resumir numa frase quem ou o que ele é? Sim, foi um dos presos políticos com mais tempo de prisão no mundo; durante seus anos de encarceramento, foi sem dúvida o mais famoso. É certamente um símbolo universal de justiça social, uma figura exemplar representando o não racismo e a democracia, um gigante moral. Antes sem rosto (pois as fotos de prisioneiros políticos eram proibidas na África do Sul), ele se converteu, após sua libertação em 1990, numa imagem reconhecida internacionalmente. Por mais de quatro décadas, enquanto seu país era execrado em todo o mundo pelas políticas racistas sancionadas pelo Estado, o chamado apartheid, Mandela comandou simbolicamente, e em certa medida também na prática, o movimento de resistência contra essa injustiça.

Mas por que sua história é importante para nós no presente e no mundo em geral? O que suas realizações significam, não só em termos nacionais na África do Sul, mas também internacionalmente? Como justificamos mais um livro introdutório, abrangendo os fatos de sua longa vida? Ele é, certamente, um herói em seu país, tendo lutado para conquistar a liberdade da nação. Mas de que forma ele se tornou um grande nome também em nível mundial – uma figura de destaque na campanha de conscientização sobre a AIDS e o HIV, Embaixador da Consciência da Anistia Internacional, nome em comédias britânicas (*As used on the famous Nelson Mandela**)? Por que seu rosto é o preferido, até mais do que o de Gandhi, para ilustrar as capas dos manuais de história de nossos tempos? Como foi que, na época em que sua estátua foi inaugurada na Praça Westminster, em Londres, no verão de 2007, ele foi saudado como "Presidente do Mundo" (por analogia com Diana, a "Princesa do Povo")?

> Caso se quisesse um exemplo de um homem absolutamente íntegro, esse homem, esse exemplo seria Mandela. Caso se quisesse um exemplo de um homem de inabalável firmeza, coragem, heroísmo, serenidade, inteligência e capacidade, esse exemplo e esse homem seria Mandela. Cheguei a essa conclusão não depois de conhecê-lo em pessoa. [...] Penso assim faz muitos anos. Vejo-o como um dos símbolos mais extraordinários desta época.
>
> **Fidel Castro, em "Nunca voltaremos às senzalas" (1991)**

Na cultura de celebridades que marca o novo milênio, concentrada no indivíduo como criador do próprio destino, é frequente considerar que Mandela foi não só o senhor de seu destino pessoal (como diz seu poema favorito), mas o principal arquiteto da nova África do Sul. Considera-se inegável que ele travou uma luta unilateral pelos direitos dos negros e que, em seu caso, justifica-se a teoria de que os Grandes Homens fazem a história. E no entanto, como ele mesmo frequentemente lembrava a todos, a luta pela libertação da África do Sul foi efetivamente travada e saiu vitoriosa enquanto ele definhava na prisão. Já no julgamento de 1962, Mandela ressaltou: "Sou apenas um entre um grande exército do povo".

* Livro do jornalista e comediante britânico Mark Thomas. (N.T.)

Seu carisma pessoal é, sem dúvida, evidente e famoso por si mesmo. Todos os que o conhecem comentam o fascínio, a "magia Madiba" que irradia dele: uma soma de fama, estatura e boa aparência, uma memória enciclopédica para fisionomias e mais alguma coisa indefinível, um atraente *je ne sais quoi* mandeliano. Um elemento central de sua personalidade, como escreve a romancista e sua admiradora Nadine Gordimer, é "um desprendimento do egocentrismo, a capacidade de viver para os outros". Sua boa liderança e carisma foram fontes de inspiração importantes para a construção da África do Sul após 1994. Mas também é verdade que, estritamente falando, ele não foi o autor daquela nova democracia. No caso de Mandela, fica patente que sua liderança *sozinha* não pode explicar o desenvolvimento histórico na África do Sul, passando do apartheid para a liberdade. O brilho interior, por si só, não pode explicar por que seu ícone adquiriu tanta envergadura na imaginação mundial.

O verdadeiro quadro – os elementos concretos da magia Madiba – é muito mais complicado do que sugere a história de uma personalidade especial. Certamente esse quadro se baseia numa qualidade de caráter, mas esta vem associada a outros fatores fundamentais, que serão tratados neste livro, entre eles seu talento como ator e as ligações, durante toda a sua trajetória, com vários colegas e amigos importantes, eles mesmos de grande inteligência política, em especial Oliver Tambo, Walter Sisulu e Ahmed Kathrada. Contam-se também as formas como sua caracterização social influiu nos desenvolvimentos políticos do país, sobretudo nos anos 50, e como ele formulou e reformulou sua posição nacionalista em resposta a tais desenvolvimentos, também recorrendo cada vez mais a modelos de resistência transnacionais e se dirigindo a um público internacional. Durante todo esse percurso, ele se baseou e recorreu, ao mesmo tempo em que trabalhava numa habilidosa contraposição, à sua formação de elite e aos respectivos legados de uma autoridade por consenso, para dar forma às estruturas de liderança coletiva e democrática de sua organização, o Congresso Nacional Africano (CNA).

> Mais do que qualquer outra pessoa viva, Nelson Mandela veio a simbolizar tudo o que há de esperança e idealismo na vida pública.
>
> **Bill Shipsey, fundador de Art for Africa*, na premiação de Mandela em 2006 como Embaixador da Consciência da Anistia Internacional**

Pode ser algo banal de se dizer a respeito de um indivíduo excepcional, mas Nelson Mandela é uma daquelas figuras históricas que, entre meados e final dos anos 50, e depois, nos anos 80 e 90, não foi apenas o homem certo a ocupar o lugar certo. O importante é que ele ocupou esse lugar não só de maneira decidida e deliberada, mas também com grande perspicácia política, alta capacidade de adaptação e um estilo admirável. Numa época em que a luta racial polarizada na África do Sul justificava uma brusca guinada da resistência passiva, até então eficaz, para uma atitude mais militante, ele encabeçou a difícil decisão de pegar em armas e conseguiu persuadir sua organização a apoiar a nova linha de ação. Mas, trinta anos depois, quando Mandela considerou que chegara o momento de passar das polaridades beligerantes para a mesa de negociações, outra vez encontrou uma maneira de impor sua estatura moral, de levar adiante aquela decisão e de obter o apoio de sua organização. Várias vezes criou um papel para si dentro da estrutura e do quadro ideológico do CNA, e depois o ultrapassou. Nunca duvidando de que tinha a razão a seu lado, ele conservou, durante 27 anos de prisão, a fé em seu projeto de uma África do Sul sem discriminação. Por fim demarcou seu lugar no futuro da nação como figura encarnando não só a justiça, mas também, e acima de tudo, a esperança.

Nelson Mandela: a história

Este livro trata dos diversos episódios, histórias, símbolos e valores que estão implícitos quando se emprega o "famoso"

* Art for Africa promove leilões de obras de arte doadas, cuja renda é revertida para projetos sociais na África. (N.E.)

nome *Nelson Mandela.* Como bem captou Zapiro em sua charge, comemorando o 80º aniversário de Mandela (Figura 1), ele desempenhou ao longo da vida um amplo leque de papéis: aluno estudioso, jovem urbano, guerrilheiro audacioso, o preso político com maior tempo de encarceramento do mundo, o salvador milenarista e assim por diante. Mostrou-se um camaleão versátil, até pós-moderno, que, em cada etapa de sua carreira ou na nova forma adotada, conseguia projetar um fascínio de múltiplas facetas. As mais variadas faixas do público – nacionalistas negros e comunistas brancos, romancistas e jogadores de rúgbi, líderes mundiais e aldeões –, cada qual se sentindo diretamente abordada por ele, adotaram seu emblema. *Mandela*, a lenda, representa a jornada e a superação individual, mas *ao mesmo tempo* também narra a história coletiva, de múltiplas vozes, do nascimento de uma nação.

Uma das principais histórias associadas ao nome Nelson Mandela é inevitavelmente uma história nacionalista, a *história de uma nação.* Pelo menos desde os meados de seu período

1. Destinado a ocupar uma variedade espantosa de papéis.

como presidente, por volta de 1997, a biografia de Mandela foi alçada oficialmente a principal lenda sul-africana, seu mito moderno, como se reflete nas cartilhas escolares do governo e nas histórias em quadrinhos infantis. Mesmo sua autobiografia, *Longa caminhada até a liberdade* (1994), é elaborada – o que não admira – como uma parábola da construção da democracia. Em suas biografias, o caráter e o pensamento da figura histórica vêm sempre envolvidos por relatos fiéis dos processos histórico-políticos de que participou. Em nível mais geral, como que para reforçar essas representações do salvador nacional, os resumos históricos do século XX trazem a trajetória de Mandela como uma das poucas narrativas nacionais de afirmação ética, nascidas de décadas de conflitos devastadores, muitas vezes entre nações rivais.

Uma breve introdução à carreira de uma figura que se avoluma com tal significado nacional – para não dizer simbolização heroica – apresenta armadilhas evidentes, entre elas a tentação de reproduzir as versões dominantes do santo secular e arquiteto da democracia, em vista da surpreendente escassez de outras interpretações. Os estudos mais acadêmicos da biografia de Mandela (por Benson, Meer, Sampson, Meredith, Lodge, entre outros) tendem a abordá-lo de seu próprio ponto de vista, como, por exemplo, o resoluto líder da tendência mais militante no CNA ou o piloto disciplinado do destino de seu país. Escrevendo em diferentes momentos históricos, os biógrafos divergem nas interpretações de seu papel político, embora não questionem sua importância simbólica nacional. Para todos, sem exceção, Mandela encarna uma África do Sul pós-apartheid. Além disso, para alguns, ele é um modelo, uma história com uma moral nacionalista, um conto pedagógico imbuído de uma verdade política.

Para Benson, em 1986, escrevendo no 25º ano de sua prisão, Mandela é o autêntico democrata liberal e político de fidelidade partidária, uma figura tranquilizadora para os públicos ocidentais céticos (e visivelmente menos radical do que aparece numa coletânea de artigos de 1965, organizada pela colega comunista

Ruth First). Para Meer, em 1988, antes da data incerta de sua soltura, ele é o consumado aristocrata, traduzindo as lealdades de clã e etnia numa sólida rede de filiação nacionalista. Para Sampson, autor da biografia mais respeitada até hoje, Mandela é, em 1999, no final de seu período na presidência, um exemplo fulgurante de liderança unificadora, ao mesmo tempo ocidental e africano, "o presidente do povo". Para o historiador político Lodge, num retrato de mais sobriedade, mas ainda de grande admiração, Mandela adapta sua autoridade carismática para proteger as estruturas frágeis da política democrática na África do Sul.

Como fica claro, apesar das diferenças de avaliação da postura política de Mandela, cada biógrafo toma a decisão de contribuir com um traço dominante para a caracterização pessoal do próprio Mandela: sua ênfase em que o trabalho de um líder em prol da nação molda seu próprio futuro e vice-versa. Essa ênfase também se reflete nas numerosas biografias e autobiografias de dirigentes africanos publicadas desde 1950 – de Nkrumah, Azikiwe, Kaunda, entre outros –, marcando o momento da independência de seus países, grupo do qual, evidentemente, Mandela faz parte. Um traço típico na maioria dessas narrativas biográficas é a amplificação da trajetória ascendente da vida por meio de um processo de extensão metafórica, pelo qual a narrativa é projetada seguindo os moldes exemplares da peregrinação e da metamorfose. Sucedendo-se ao longo período em que o indivíduo biografado vive afastado do mundo, na prisão ou no exílio, muitas vezes surge na biografia uma transformação ou uma mudança milagrosa, com intenções edificantes para o leitor.

Por mais numerosas que possam ser as razões para que Mandela seja o símbolo da África do Sul democrática, este livro não pode se eximir de narrar a história nacional icônica representada pelo nome de Nelson Mandela. Suas realizações provavelmente seriam ininteligíveis fora do contexto histórico da luta pela liberdade da África do Sul, a qual ele coreografou de diversas maneiras. Como escreve a historiadora cultural Annie

Coombs: "A história de Mandela é central para se entender o resultado da luta pela libertação". Em outras palavras, este estudo aborda a história nacional de Mandela de maneira convencional, ou seja, cronologicamente, com dois capítulos apresentando o cenário, de um ponto de vista narrativo que adota, quase inevitavelmente, a subestrutura metafórica da longa caminhada e da lenta ascensão. Embora o estudo percorra alguns caminhos já bastante conhecidos, reforçados por uma linha cronológica com datas e fatos importantes, mesmo assim procuramos evitar a caracterização de Mandela como modelo exemplar. Algumas digressões cruzadas e indicadores paralelos de outras leituras possíveis intervirão no avanço sereno e tranquilo da narrativa biográfica, antecipando os cinco capítulos temáticos subsequentes.

Tendo em mente como Mandela sempre operou como hábil criador da própria imagem ou como autor de seu roteiro biográfico, esses outros capítulos passam a apresentar uma versão interpretativa dos episódios cruciais de sua biografia e dos aspectos centrais de sua atuação e realização. Muitas vezes omitidos nos estudos biográficos, esses aspectos são provavelmente tão importantes para a consolidação da estatura moral e internacional de Mandela como sua concepção de nação. Essas abordagens de Mandela enfocam, entre outros pontos, sua receptividade cosmopolita a influências políticas transnacionais, sua grande flexibilidade como ator urbano, ao mesmo tempo projetando uma inflexível masculinidade, seus projetos "dialógicos" de jardins na prisão, sua fama internacional como o "ícone [humanista] que ultrapassou seu país" (expressão do jornalista Shaun Johnson). Assim, este estudo, na segunda metade, apresentará uma análise de Mandela mais especulativa e interiorizada do que, como regra, oferecem as biografias que se concentram na figura pública eminente.

A abordagem do livro, com um leque de leituras temáticas (embora ainda com base cronológica), toma como inspiração a fecunda ideia do antropólogo James Clifford de que uma vida individual constitui "uma narrativa de ocasiões transindividuais", um ponto de cruzamento entre diversas inspirações, motivações, tradições, relações e papéis. A tônica recairá sobre a forma como as histórias individuais se constituem em suas relações mútuas e em ligação com lutas e contralutas em outros lugares. Sem dúvida, de início pode parecer que a perspectiva sincrônica, oblíqua e com muitas linhas laterais, segue na contracorrente, em vista da evidente coesão unitária da figura messiânica de Mandela nas representações oficiais e nos meios de comunicação. Mas, refletindo-se melhor, torna-se patente que a vida de Mandela sempre consistiu-se num entrelaçamento notável, num dinâmico ponto de encontro de diferentes ideologias e influências (numa época anterior ao acesso ininterrupto da mídia que os políticos atuais consideram plenamente natural), mas não só. Também é verdade que, como ator consumado, ele escolheu muitas vezes atuar em vários registros diferentes, interpretando diversos personagens, seja em simultâneo ou em sequência.

Embora até 1990 Mandela tenha levado uma vida relativamente fechada dentro das fronteiras da nação, ou melhor, da ilha, desde a época de sua chegada a Johannesburgo nos anos 40, ainda jovem, seu projeto político e sua teoria da resistência se formaram sistematicamente em discussões com seus colegas e rivais. Não sendo por natureza uma figura contemplativa, foram essas redes de contatos que o converteram, primeiramente, num influente ativista político e, mais tarde, com o longo período na prisão, num negociador ponderado. Além disso, na mesma medida em que sua vida não se restringiu a uma única via, de conteúdo nacionalista, sua carreira tampouco sofreu fases de descontinuidade. Há preocupações, interesses e reações que percorrem toda a sua vida ou, ainda, retornam a outro período, ligando-se a fases anteriores. O homem sofisticado de Sophiatown dos anos 50 reaparece na figura do afável estadista dos anos 90. O aluno da escola missionária encontra nova encarnação no disciplinado missivista da Ilha Robben. Longe de se limitar a uma trilha direta até a liberdade, a história de sua vida se cristaliza em núcleos de encontros, práticas, possibilidades e programas de ação.

Em suma, este livro, mais do que admirar a figura de Mandela em si, considera os *processos de criação de significados* (inclusive o dele mesmo) que fazem com que suas realizações despertem admiração. Como função de suas diversas interpretações, este exame reconhece que Mandela é, em alguns aspectos, uma figura improvável para receber o tipo de adulação que tem proliferado a seu redor. É difícil pensar em outra figura internacional de destaque que tenha passado tanto tempo longe das vistas públicas e cujos principais discursos tenham sido tantas vezes convencionais e retoricamente cautelosos.

Lendo Madiba

Para calibrar a história nacional unidirecional de Mandela levando em conta suas várias outras preocupações, é importante colocar aqui a questão específica das leituras que se apresentam como alternativas ao mito nacional. Quais são as outras abordagens interpretativas que iluminam as preocupações centrais de sua vida? Como podemos reunir as "tomadas" do primeiro presidente democrático da África do Sul, que esgotam seus diversos domínios de atração e envolvimento?

Para começar, junto com a leitura linear de "Mandela como a nova África do Sul", na qual ele é o grande protagonista dentro de um drama nacional, existe uma *história global* em que Mandela também atua. Começando nos anos 60, quando seus discursos no tribunal atraíram pela primeira vez a atenção mundial, e retomando em 1988, com sua "festa de aniversário" de setenta anos, televisionada de Wembley, ele se tornou aos olhares dos espectadores a própria definição de ícone mundial. Nos meios de comunicação, ele foi construído, até produzido, como grande símbolo numa luta contra a exploração, que não se restringia à África do Sul. Consta que Mandela só perde para a Coca-Cola como nome mais reconhecido do mundo. Mesmo que não seja totalmente verdade, sem dúvida sua imagem aparece ressoando com valores importantes para uma comunidade global, outrora interligada por sua oposição ao apartheid – valores que incluem a coragem, a perseverança, a justiça. Num mundo onde as certezas da Guerra Fria desmoronaram e as causas que caracterizavam o período pré-1989 – comunismo, anticomunismo – passaram a ser questionadas, Mandela representa para muitos um farol de constância, visão, novo humanismo, esperança de transformação. Nesse papel, diz Gordimer, ele "pertence ao mundo". Vários capítulos abordarão as dimensões globais do legado ético-político de Mandela.

> Nelson Mandela, hoje, é o homem famoso. Um dos poucos que, em oposição aos que infamaram nosso século XX com o fascismo, o racismo e a guerra, irão marcá-lo como uma era de avanço para a humanidade. Assim seu nome viverá na história, o contexto no qual ele pertence ao mundo.
> **Nadine Gordimer, em *Living in Hope and History* [Vivendo na esperança e na história] (1990)**

A história de Mandela também é em seu cerne, e mesmo em sua quintessência, a história de uma *busca pela modernidade* africana. Aqui não se deve entender a modernidade como equivalente ao colonialismo, e sim como uma reivindicação de identidade, de ser sujeito da história, que se expressa por meio de um processo de transposição dos termos da identidade moderna para a África. O impacto do colonialismo nessa história foi o de excluir rotineiramente a subjetividade africana das versões oficiais do progresso histórico europeu: no discurso colonial, a África costumava significar o vazio, um coração das trevas ou mera matéria bruta e escravidão.

Inversamente, qualquer estudo de Mandela traça uma narrativa de décadas de construção de uma liderança política negra sul-africana, mostrando como, em situações de extrema discriminação racial, as pessoas e as comunidades africanas começaram a reivindicar autodeterminação, cidadania e direitos democráticos. Desde a época em que o jovem interiorano Mandela chegou à cidade de Johannesburgo para procurar trabalho, ele fez parte de uma elite instruída que insistia no direito de estar ali (em vez de ficar confinada ao interior rural) e de se inserir em seus espaços públicos. Como sugerem os Capítulos 5 e 6, sobre Mandela como habitante e ator urbano, ele criou ousadamente uma identidade moderna maleável, adotando e adaptando os variados recursos culturais e políticos da cidade. Tal como entre seus colegas literatos, escritores e jornalistas de Sophiatown, Mandela, com seu trabalho jurídico, seus discursos e artigos de jornal, tomou como tarefa traduzir a modernidade em termos locais, para forjar as condições de surgimento de uma cidadania sul-africana negra.

De fato, a história de Mandela percorre os criativos e tortuosos caminhos com que se moldou a vida moderna na África da descolonização. A introdução irregular da modernidade europeia, seja nas comunidades rurais ou nos distritos de Johannesburgo, foi um incentivo para que os integrantes da elite negra desempenhassem criativamente diversos papéis e linguagens a fim de contestar os estereótipos coloniais *e, ao mesmo tempo*, se afirmassem como agentes dentro de suas comunidades. Como ficará claro, na África do Sul tal como em outros lugares outrora colonizados, projetar-se como indivíduo moderno significava um vaivém constante entre diferentes quadros de referência cultural, uma fusão de interpretações discrepantes, embora temporalmente coincidentes, do lugar do indivíduo na história, como descreve Dipesh Chakrabarty.

A narrativa da busca da modernidade empreendida por Mandela é uma maneira eficiente de explicar as várias camadas de sua biografia, de explicar como ele conseguia adotar posições diversas e aparentemente contraditórias. Às vezes ele mesclava um conceito reformulado da tradição política tembu e as convenções da democracia ocidental moderna; outras vezes, lançava as energias agressivas e dinâmicas da modernidade urbana contra os estereótipos primitivistas que eram favorecidos sob o apartheid. Na verdade, a história da busca de Mandela encerra uma ironia moderna peculiar. Em seu caso, o africano, longe de ser um acréscimo tardio à história da construção da identidade moderna, agora é visto por muitas pessoas, mesmo que numa espécie de compensação exagerada, como o ponto culminante de uma luta global e intrinsecamente moderna pela autodeterminação e pelos direitos humanos.

Essa leitura de Mandela como o coreógrafo de uma modernidade africana versátil e abrangente está ligada a outra leitura correlata: aquela que interpreta muitos aspectos de suas realizações políticas, primeiro como militante e depois como negociador, como definitivamente *pós-coloniais.*

> Sua saída da prisão projetou uma voz patriarcal, incontestada, uma voz enraizada no mais intenso conflito físico entre negros e brancos ocorrido neste planeta, a fronteira final da supremacia branca no continente africano, estendendo-se pelos sistemas de transmissão do Atlântico negro.
> **Paul Gilroy, *The Black Atlantic* [O Atlântico negro] (1993)**

Mandela sempre dedicou suas energias a devolver aos negros sul-africanos suas histórias de resistência esquecidas, a superar os legados do poder colonial adotando as linguagens e as leis desse poder para realizar essa superação: ambos são empreendimentos essencialmente pós-coloniais. Embora Mandela seja acima de tudo um político, não um intelectual, seu trabalho (o ativismo político, os textos críticos, o conjunto dos discursos) apresenta-nos um discurso intensamente *prático* de resistência anticolonial: isto é, uma *teoria na prática* anti ou pós-colonial. Sua proeza foi mostrar como é possível enfrentar uma situação de opressão com um processo que repete e intensifica estrategicamente os discursos que o opressor usa como autojustificativa, sejam os da racionalidade ou os do pertencimento. Como os Capítulos 7 e 8 examinam, Mandela gerou conceitos de resistência e reconciliação de tipo humanista tardio ao longo de suas tratativas políticas, sempre intensamente dialógicas. Seu trabalho contra o apartheid representava um anticolonialismo em contínua evolução.

Nos últimos anos, a crítica pós-colonial começou a reconhecer como o pensamento pós-colonial encontra estímulo e base na prática anticolonial. Críticos como Benita Parry e Robert Young têm mostrado que as principais ideias pós-coloniais são geradas no calor da luta política. Este livro amplia o território dessa linha crítica sustentando que Mandela adotou e reanimou ideias que podemos considerar anti e pós-coloniais. Ajudando a gerar a nova África do Sul democrática, de fato ele se tornou uma espécie de teórico.

É verdade que, como Gandhi até data muito recente, não se reconhece nas realizações éticas e políticas de Mandela uma grande importância teórica, por pelo menos duas razões além de sua relativa contemporaneidade. Em primeiro lugar, na medida em que ele foi, controvertidamente, um defensor da resistência militante durante uma parte de sua carreira, seus argumentos em favor da luta armada encontravam precedentes tanto nos camaradas do Partido Comunista quanto no destacado teórico Frantz Fanon. Como indica o Capítulo 4, sobre as influências de Mandela, a vigorosa justificativa fanoniana da violência anticolonial provavelmente contribuiu para a guinada do CNA para a resistência armada, em 1961. Nesse aspecto, Mandela não teve nada de pioneiro. Em segundo lugar, a relativa invisibilidade teórica de Mandela também se deve em certa medida, ao contrário do que ocorreu com Gandhi, ao fato de nunca se ter negado, como fazia o líder indiano, a expressar sua oposição ao Estado repressor nos mesmos exatos termos culturais utilizados por esse Estado. Ele invocava a prioridade da Europa (embora seletivamente), inclusive suas noções de progresso moderno e de valores "civilizados", para embasar sua crítica ao apartheid.

Contra seu aparente desinteresse teórico, a leitura pós-colonial de Mandela, que percorre a segunda metade deste livro, permite-nos obter um ganho crítico justamente em declarações contraditórias como estas. Se o pós-colonialismo é definido como a tentativa dos marginalizados do mundo de reivindicar um lugar nos centros de significado, então o empenho de Mandela em promover os valores culturais africanos e as histórias locais de luta pela liberdade é inequivocamente pós-colonial. O mesmo se aplica a suas simpatias pragmáticas pela posição nacionalista rival da minoria africâner da África do Sul, nos anos 80 – identificação que o levou à arriscada aposta na conciliação inter-racial. Para ele, qualidades intrinsecamente africanas de mútua fraternidade e consensualismo são,

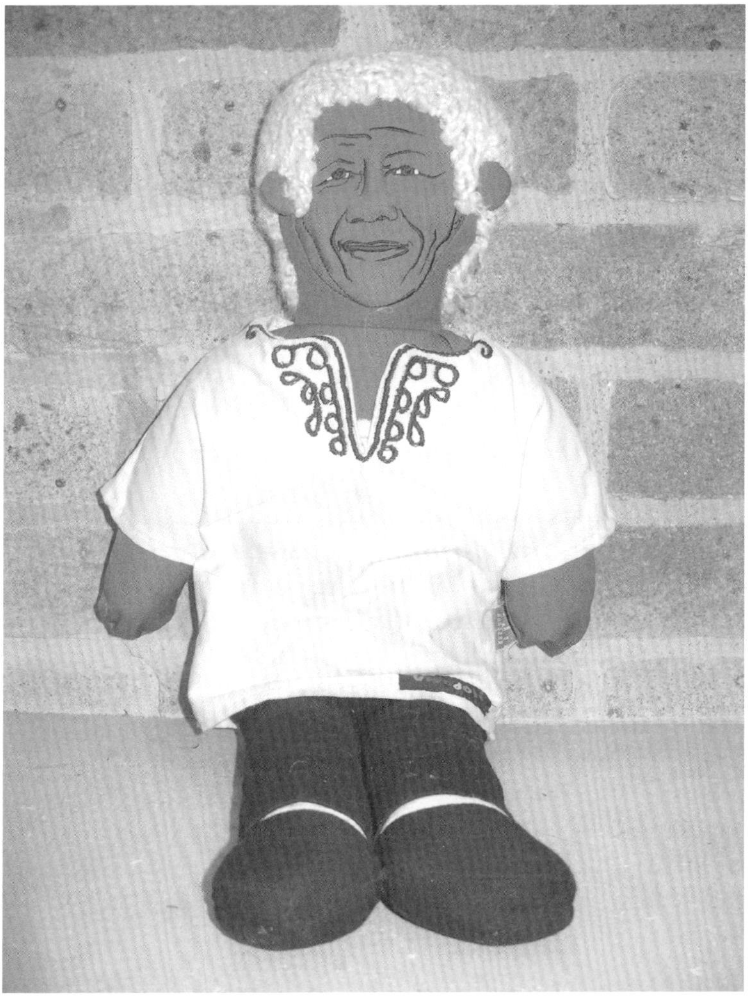

2. O ícone de uma era se converte num bonequinho simpático.

ao mesmo tempo, qualidades profundamente humanas: *africanidade* e *humanidade* são coextensivas, não contrárias. Essa inclusividade redentora representa uma visão definitivamente pós-colonial.

A longa estrada até a liberdade é uma estrada sem fim: é com essa ideia, várias vezes repetida, que Mandela termina sua autobiografia. Sua vida, desenrolando-se com uma cultura literária negra muito dinâmica, gerou várias metáforas duradouras. Afilhado de rei, Pimpinela Negro, intelectual de prisão, senhor do próprio destino, peregrino à democracia: durante toda a vida, Mandela foi visto e via a si mesmo em termos intensamente simbólicos e míticos, a um grau que, por fim, justifica uma *leitura literária* de suas realizações. De fato, pode-se dizer que Mandela viveu tão sistematicamente segundo vias regidas por *imagens moldadoras* e *padrões genéricos* abrangentes que sua própria vida se construiu como uma metáfora, como mostram vários poemas e romances. Se o apartheid, ao longo das décadas de 70 e 80, foi visto internacionalmente como uma referência atemporal da injustiça, a figura que comandou a luta contra essa injustiça absorveu algo dessa atemporalidade icônica.

Nos capítulos temáticos que se seguem, em especial os Capítulos 6 e 7, várias seções abordam os múltiplos aspectos figurativos de *Mandela*, a história e o ícone, e apresentam reflexões sobre a poderosa tendência de autossimbolização e encenação pós-moderna que marcou sua experiência na idade adulta. Desde a época em que se tornou advogado de sucesso e depois um nacionalista carismático, Mandela se colocou como a realização das expectativas de seu povo. Ao longo de todo o processo, Mandela manteve a clara consciência de que o poder, para ganhar elevação, precisa de mitos e símbolos, a ponto de se tornar, ele mesmo, um totem dos valores totêmicos de nossa era – a tolerância e a democracia liberal.

Capítulo 2

Escrevendo o roteiro de uma vida: os primeiros anos

Qualquer tentativa de narrar a vida de Nelson Mandela enfrenta a dificuldade de ter de contar uma história de duplo enquadramento – o da África do Sul e o de Mandela na África do Sul, na segunda metade do século XX. Como anuncia o título de sua coletânea de discursos, *A luta é minha vida*, de 1978, desde a época da Campanha de Desafio de 1952 as ações de Mandela foram intensamente moldadas – em interação e oposição – pelas atividades do Estado sul-africano. Assim foi publicamente até 1964; depois, decisivamente, a partir de 1990; durante os anos intermediários, na clandestinidade e sob disfarce.

De fato, como ocorre muitas vezes em nações em processo de reconstituição depois de passar por períodos atribulados, a biografia de Mandela, o Primeiro Presidente (ou *Praise-dent**, como escreve um jornalista), agora é apresentada oficialmente como a *história definitiva* do *nascimento da nova África do Sul*. Para o nacionalismo moderno, geralmente vale dizer que a integridade de uma nação é reconhecida, tanto por seus cidadãos quanto pela comunidade mais ampla das nações, por meio de uma narrativa unificadora que relata como ela foi constituída. Na África do Sul, a história predominante é a história de Nelson. Tal como outros heróis nacionais – Thomas Jefferson, Napoleão, Jawaharlal Nehru –, a história de vida e o caráter de Mandela foram alçados a ícones da virtude e do progresso nacional.

O culto biográfico nacionalista, ou hagiografia, faz-se talvez especialmente intenso quando a nação, como no caso da África do Sul, nasceu ou, melhor, renasceu do conflito racial e da repressão. A União da África do Sul, de 1910, foi forjada sobre a base de uma frágil unidade entre africâneres e brancos de língua inglesa após a Guerra dos Bôeres (1899-1902) – o ápice

* Trocadilho com "praise", que significa louvar, elogiar, enaltecer. (N.E.)

de uma série de guerras disputando terras e recursos, travadas entre os colonos ingleses e holandeses e as populações negras autóctones ao longo do século XIX. A geografia e as estruturas políticas gerais da colônia unificada eram, desde o início, fortemente racializadas, e nas décadas posteriores o sentimento de marginalização dos africâneres diante dos colonos de ascendência britânica apenas alimentou ainda mais seu nacionalismo já defensivo. Em 1948, o Partido Nacionalista Africâner, após sua reforma, saiu vitorioso com seu programa de fundar um Estado dominado pelos brancos. Como o próprio Mandela iria reconhecer, a história da África do Sul no século XX foi profundamente moldada pela disputa feroz entre dois nacionalismos, o africâner e o africano, pelo "mesmo pedaço de terra".

Uma segunda dificuldade, relacionada à primeira, mas mesmo assim distinta, em relatar a vida de Mandela se refere aos padrões genéricos, sobretudo alegóricos, que se costumam usar na narrativa de sua história. Em todas as biografias, sem exceção, os autores de *Mandela, a Vida* adotam uma trajetória mais ou menos contínua e ascendente, seguindo o tema geral de uma jornada ou peregrinação, já assinalado no título da autobiografia. Isso sugere que a "longa caminhada até a liberdade" pode ser árdua e íngreme, mas começa com um idílio rural, passa por dificuldades e contratempos e termina, como a jornada do Cristão em *O peregrino* (1678), de Bunyan, com a chegada à Cidade Celestial, à nação livre e democrática. A metáfora da escalada constante é a estrutura que sustenta uma série de guias para iniciantes, em ampla disponibilidade na África do Sul e em outros lugares, inclusive o adocicado *Madiba,* de Lionel Maxim, os volumes das coleções "Eles lutaram pela liberdade" e "Vidas famosas", bem como a série de quadrinhos da própria Fundação Nelson Mandela com "O legado de Madiba". Mas mesmo as biografias mais clássicas – de Meer, Sampson, Meredith – também adotam, às vezes de modo intermitente, mas inconfundível, o lugar comum da jornada.

A ubiquidade dessa figura da vida como jornada na história de Nelson se refere não só à aura que aumentou ao longo dos anos de cárcere até *No Easy Walk to Freedom* (*Não há caminhada fácil para a liberdade*), coletânea de discursos de 1965 com título inspirado em Nehru, que se confirmou mais tarde no título de sua autobiografia. Ela também se liga intimamente ao predomínio das ideias de jornada redentora nos escritos africanos em geral, ligados ao importante papel que *O peregrino*, de Bunyan, desempenhou na educação de muitos escritores, intelectuais e políticos africanos, devido ao ensino que receberam nas escolas missionárias, como explica Isabel Hofmeyr em seu lúcido *The Portable Bunyan*. A história do Cristão exercia grande atração entre os jovens leitores africanos, reforçada pelos valores comunitários e enaltecedores do trabalho que lhes eram inculcados durante a infância rural tradicional, muitas vezes cristianizada, mesmo quando lutavam para desenvolver independência num contexto adverso à oportunidade para os negros. O esquema da jornada oferecia aos escritores africanos um espaço simbólico dentro do qual podiam elaborar enredos seguindo os moldes do aprimoramento pessoal e do avanço gradativo, fosse rumo à modernidade ou de volta à tradição. Todos os *Bildungsroman* autobiográficos africanos que apareceram a partir dos anos 40 seguem a mesma trajetória: *L'enfant noir* (1954), de Camara Laye, *Down Second Avenue* (1959), de Mphahlele, *No Longer at Ease* (1960), de Achebe, *Weep Not, Child* (1964), de Ngugi.

Como isso sugere, a história de Mandela, incorporando os importantes temas da "longa estrada", também mostra uma visível *tipicidade*, alicerçada numa teleologia dominante do crescimento político tendo a libertação como objetivo. Ao narrar uma progressão constante rumo à liberdade e à modernidade, apesar de inevitáveis retrocessos, a história de vida corre em paralelo com a narrativa unidirecional, essencialmente masculina, da resistência e superação, tal como foi encenada na África e em outros países no mundo antes colonizado. Dessa maneira, sua história compartilha o espaço com as biografias e memórias de seus colegas Walter Sisulu, Oliver Tambo e Albert Luthuli.

Começando com a regeneração do CNA, por meio da Liga da Juventude nos anos 40, a história de vida icônica de Mandela traça um caminho que passa pelo "ativismo festivo" dos anos 50, pelo encarceramento e exílio nos anos 60, a retomada da militância no período pós-1976 e as estratégias do avanço gradual e chegada à libertação nos anos 90. O menino criado numa família basicamente tembu se torna o pioneiro advogado e líder político negro que por fim emerge, após 27 anos desérticos, como o primeiro presidente democrático da nova África do Sul. A mescla e o entrelaçamento dos modelos de mobilidade ascendente com os temas da viagem e da peregrinação se realçam ainda mais na autobiografia de Mandela, com o importante papel ali desempenhado pelas jornadas transformadoras. Na primeira ida à escola no Ford de Jongintaba, no longo percurso de carro até Johannesburgo, cidade da luz elétrica, em sua viagem pela África em 1962, Nelson, o protagonista da história, encontra constante incentivo e confirmação de suas aspirações. A jornada segue os moldes da figura da viagem movida pelo "esforço da dedicação e dos princípios", como o Cristão de *A viagem do peregrino*. Durante todo o tempo, Mandela teve uma visão da vida como uma trilha ascendente, a ser escalada com muito trabalho, disciplina e afinco.

> Com a mutilação e declínio da tribo conquistada, um novo xamã ou artista, que se vê andando na corda bamba da transformação, luta para nascer. Ele foi, por assim dizer, concebido pelo vencedor e pela vítima, e surge uma grande necessidade de invocar as gerações perdidas a uma luz visionária, nova, criativa. É uma tarefa extremamente pessoal (e arquetípica) e, assim, acompanhando um enorme potencial de transformação – de percepção das possibilidades –, corre o risco de impostação ou húbris.
>
> **Wilson Harris, *Explorations* (1981)**

As duas abordagens distintas deste livro, uma fundada no caminho teleológico, a outra baseada em temas e concentrada nos processos difusos que moldam uma vida, operam em contraste, mas sempre mutuamente relacionadas. Pode-se apreciar melhor a complexidade das fases centrais de sua subjetividade – examinando sua caracterização "gandhiana" ou identidade cosmopolita – em estudos paralelos tomados em contraste com a narrativa de vida linear, examinada neste e no próximo capítulo, sendo o período do cárcere a linha divisória entre elas.

O jovem Mandela

Rolihlahla Mandela nasceu em 18 de julho de 1918, na aldeia de Mvezo no Transkei, região no leste da atual província do Cabo Oriental, uma paisagem acidentada, encantadora depois das chuvas e de extrema pobreza. O Transkei, outrora território dos povos de língua isiXhosa, espalhados por uma grande área, com doze tribos principais, entre elas os tembus, era naquela época uma reserva rural, a maior área da África do Sul onde, pelas restrições da Lei da Terra de 1913, os africanos ainda podiam ter posse comunitária do solo. Embora a realeza tembu, de modo geral, tivesse evitado se envolver (e, às vezes, até tivesse se aliado aos britânicos) nas cruéis Guerras Xhosas ou Guerras de Fronteira do século XIX, Mandela, quando menino, viu como a sociedade ao redor ainda guardava cicatrizes da dolorosa herança desses conflitos. Desencadeadas pelas invasões coloniais britânicas, travadas em terras xhosas e em seus arredores por mais de um século, desde os anos 1770, as Guerras de Fronteira deixaram o povo desunido e destituído, sofrendo com a perda da independência. Os xhosas também lamentavam a perda de suas cabeças de gado após o pânico de massa nas Matanças de Gado de 1856-1857 (embora, aqui também, os tembus tivessem saído relativamente incólumes). Muito mais tarde, entre 1976 e 1994, o Transkei ganhou o duvidoso estatuto de primeiro território negro teoricamente independente do Estado segregacionista, sob o comando de um parente de Mandela, o Imperador Matanzima.

Mandela nasceu numa família de alta posição social da tribo tembu, de língua xhosa. Isso lhe trouxe desde a infância, além de um sentimento de orgulho pelo legado de resistência e autonomia, a aguda consciência de que a honra ancestral fora manchada pelos conflitos de fronteira com os britânicos, como ressaltam os preâmbulos a seus discursos de 1962 e 1964 diante do tribunal. Em momentos marcantes da infância e da juventude, eram-lhe lembradas as glórias perdidas do passado africano, principalmente das nações de língua xhosa. Ele recordava as perorações do chefe Joyi, um ancião de alta posição, contra as injustiças dos brancos no pátio da casa de seu tutor. Durante a circuncisão, o chefe Meligqili entoou uma litania ao fenecimento dos povos xhosas, "escravos em nossa própria terra". E quando o poeta xhosa S. E. Krune Mqhayi fez uma visita à escola de Mandela em Healdtown, usando trajes tradicionais, ele recitou um de seus poemas dramáticos baseado em *isibongi* (cânticos de louvor), em que exortava os alunos a abandonar "ideias estrangeiras".

A mãe de Rolihlahla, Nonqaphi Nosekeni (Fanny, depois de se converter ao metodismo em Qunu), era a terceira das quatro mulheres de Gadla Henry Mpakhanyiswa, o homem alto e sério que era o chefe da área Mvezo, conselheiro do chefe supremo da Tembulândia, David Dalindyebo. Descendente de uma casa menor (Ixhiba) da linhagem real dos tembus, com um sistema poligâmico em que a ordem de nascimento se traduzia em status, Gadla Henry não podia ocupar cargos muito altos, mas mesmo assim tinha privilégios por ocupar a posição de conselheiro. Mandela também parece ter recebido tratamento preferencial – embora fosse o quarto filho de seu pai – por causa do status elevado de sua mãe. Seu senso de propriedade como membro da realeza, embora menor, e o fato de ser o primogênito materno (seguindo-se três irmãs) desde cedo lhe incutiram a convicção de que também estava destinado ao papel de conselheiro do chefe. Ele manteria esse profundo senso de que "as raízes eram... destino" por muitos anos, antes de conseguir um distanciamento para enxergar essa questão de maneira mais crítica.

Quando o pequeno Mandela tinha cerca de dois anos de idade, um magistrado branco local acusou Gadla Henry de insubordinação por ter desrespeitado suas ordens. Já àquela altura uma rede de autoridade branca interferia e emaranhava as estruturas de poder autóctones em Transkei. Gadla Henry foi demitido da chefia e, perdendo a posição e a renda, foi obrigado a transferir o ramo materno da família para a aldeia de Qunu, situada na estrada de Durban para a Cidade do Cabo, onde agora fica o retiro de Mandela.

Em Qunu, o jovem Mandela foi notado pelos irmãos Mbekela, ocidentalizados e com poderio local, que viram nele um menino inteligente e promissor. Foi batizado como metodista e, aos oito anos, enviado para a escola da aldeia. Frequentava as aulas usando as calças do pai, cortadas e adaptadas a seu tamanho, que foram suas primeiras roupas desse tipo, e logo conheceu a aura que acompanha o uso da indumentária correta: "vestir-se da maneira adequada". Isso se confirmou mais tarde, em sua tarefa doméstica favorita, que era passar a ferro as roupas de seu tutor. Embora nessa época ele não falasse nada de inglês, sua professora, Miss Mdingane, deu-lhe um nome "inglês", que os brancos conseguiriam pronunciar: Nelson. O uso do primeiro nome era um tratamento costumeiro dado aos africanos na sociedade colonial, além de servir, evidentemente, como indicador da religião que seguiam. Fora da escola, ele teve uma infância pastoril despreocupada, cuidando do gado, brincando ao ar livre e ouvindo histórias ao pé do fogo. Nesses anos, Mandela desenvolveu o apreço pelo "*veldt*, os grandes espaços abertos, a beleza simples da natureza e a linha pura do horizonte", imagens que iriam lhe servir de esteio na prisão. Essas palavras, escritas numa carta à amiga Frieda Matthews, afloram quase idênticas em sua autobiografia.

Em 1927, o pai de Mandela morreu de uma doença pulmonar, provavelmente tuberculose, tendo pouco tempo antes confiado seu promissor caçula à casa do regente tembu Jongintaba Dalindyebo, para se instruir mais e ser "preparado para um vasto mundo". Sentindo-se "à deriva", ao mesmo tempo assustado e aturdido, levando uma mala de metal, Mandela acompanhou a mãe até Mqhekezweni, o impressionante "Grande

Local" de Jongintaba, um vasto conjunto de choças africanas e casas de estilo ocidental. Ali, sem maiores alardes, ela o entregou aos cuidados do homem que, a partir de então e por mais de uma década, seria seu tutor e moldaria suas aspirações. Depois disso, o filho raras vezes veria a mãe, coisa da qual Mandela viria a se arrepender mais tarde.

O menino Nelson logo criou um forte laço de amizade com o filho de seu tutor, garoto extrovertido e um pouco mais velho do que ele, passando a compartilhar suas atividades – ir à igreja, dançar nos bailes, ler o *Chambers English Reader* na escola. Mas, apesar dos estímulos oferecidos por esse novo lar próspero e "sofisticado", com seu assoalho de madeira e o "majestoso" Ford VS de Jongintaba, restou a Nelson um intenso sentimento de abandono, que muitas vezes, quando estava em grupo, traduzia-se num ar de reserva e altivez, que o protegia das manifestações de pesar. No decorrer de poucas semanas, ele perdera seus dois vínculos familiares mais próximos, a mãe e o pai, e, ainda que naqueles anos se mostrasse brincalhão e travesso, algumas das travessuras incluíam pequenos roubos (de milho, de porcos, de gado), além de ficar saltando irrequieto na cama, por urinar involuntariamente, o que indica certo grau de insegurança. Ele se encaixava no padrão de um desenvolvimento tardio – sério, inseguro, preocupado em seguir à risca as ordens do mentor. Criou e desenvolveu confiança na escola, de maneira sólida e constante, mas bastante lenta.

Uma de suas experiências mais marcantes no Grande Local foi a oportunidade de observar o costume da *democracia por consenso* em ação, na forma como Jongintaba exercia a chefia. Nelson via como eram conduzidas as reuniões tribais ao ar livre, compostas exclusivamente por homens: o cultivo da amizade por meio do debate; a atenção com que Jongintaba ouvia os casos expostos pelos chefes; seu empenho em obter a unanimidade ao final das reuniões. Esse espetáculo de trabalhar pelo consenso foi determinante, segundo *Longa caminhada até a liberdade*, para moldar o estilo posterior de liderança de Mandela. Até certo ponto, a afirmação é plausível. Naquela fase, vale lembrar, Mandela ainda não tivera nenhum ou praticamente nenhum contato com o mundo da autoridade branca, ao passo que a maneira como seu tutor dispunha de seu poder era o que, até aquele momento, determinara totalmente sua visão de mundo.

Qualquer construção retrospectiva, como em *Longa caminhada até a liberdade* e as biografias baseadas nela, está sujeita a alguma inflamação alegórica, sobretudo numa época, os meados dos anos 90, quando o ideal da harmonia social africana tinha especial ressonância simbólica. É evidente que o respeito de Mandela pela democracia liberal ou pelo que ele chama de "democracia comum" foi, em muitos pontos de sua carreira, tão ou talvez até mais forte do que sua lealdade ao processo de decisão por consenso ou sua suscetibilidade ao poderoso arsenal de imagens míticas da democracia tribal pré-colonial. De todo modo, o que o relato autobiográfico deixa muito claro é que as reuniões no pátio do chefe, longas e tortuosas, mas sabiamente coreografadas, representaram lições importantes para o jovem Mandela, mostrando como alcançar um acordo entre visões divergentes: como equilibrar as lealdades patrimoniais e as obrigações clânicas. Enquanto numa democracia comum afirmava-se a vontade da maioria, nessa situação tradicional todos eram ouvidos e o líder dava atenção a todos. Mas isso não significava que essas duas modalidades distintas não pudessem operar em conjunto. Apesar da ausência de mulheres, a reunião tribal representava uma encenação relativamente pura, segundo Mandela, do ideal africano tradicional do *ubuntu* – a comunidade e a responsabilidade mútua – em ação, diante do qual as exclusões do apartheid atuavam em direção diametralmente oposta.

Formação escolar

No começo de 1934, quando Mandela tinha dezesseis anos, seu tutor conseguiu uma escola de iniciação para seu filho Justice, a qual incluía um grupo de outros adolescentes, entre eles seu protegido. A iniciação dos jovens xhosas, naquela época, consistia num retiro de três semanas no campo, com outros iniciados, a circuncisão, a adoção de novo nome (para Mandela, Dalibhunga, "o fundador do corpo dirigente"), a incineração das roupas anteriores, o uso de uma máscara de barro branco, cobrindo todo o corpo. O relato autobiográfico de Mandela sobre esse período, que com o tempo ganhou maior importância, oscila entre os sonhos de um futuro de riqueza e alta posição social, desencadeados pela experiência, e um incômodo sentimento de inadequação, de ainda não ser "um homem", embora oficialmente nomeado como tal.

Não muito tempo depois da iniciação, Jongintaba enviou Mandela para o Internato Clarkebury, uma escola secundária metodista de ensino misto, construída num terreno que seu ancestral, o rei Ngubengcuka, ofertara à igreja alguns séculos antes. Como ocorria em toda a África colonial, as escolas missionárias como a Clarkebury constituíam um dos agentes fundamentais de expansão colonial, frequentemente movidas por ideais universalistas cristãos (às vezes, darwinistas sociais) relativos aos níveis de civilização e à possível redenção que os diversos povos ou raças poderiam alcançar. Mas, entre elas, havia também algumas instituições mais liberais, de mentalidade independente, inclusive dentro do próprio serviço missionário metodista de grande influência no Transkei, onde a tônica recaía mais na dedicação e no trabalho do que na salvação.

Em Clarkebury, Mandela logo descobriu que qualquer pretensão a um status especial, que pudesse se arrogar como membro menor da realeza, não receberia maior atenção, pois muitos colegas, igualmente bem relacionados, o consideravam como um campônio rústico, que mal sabia usar sapatos. Presidido pelo severo reverendo Cecil Harris, o regime do internato era rigoroso, até militarista, mas, de modo geral, justo. Mandela recebeu um único privilégio especial por ser protegido do regente: em vez das tarefas manuais ao ar livre, habitualmente realizadas pelos alunos, ele teve autorização de cuidar do jardim da família Harris. Foi ali que, além de descobrir o amor pela jardinagem, que manteria pelo resto da vida, ele teve uma

3. Mandela em seu primeiro terno, desviando deliberadamente os olhos da câmera, preparando-se para novas plagas educacionais. Em 2005, ele comentou que, no momento, também estava usando botinas novas e pesadas, com as quais andava como um caipira desajeitado.

janela para a vida particular de um branco, e isso logo depois de conhecê-los pela primeira vez: uma vista rara para um jovem sul-africano negro naquela época. Com sua memória excepcional, Mandela obteve em Clarkebury seu diploma de "nível médio" ou Junior Certificate em dois anos, em lugar dos três anos habituais.

Em 1937, Mandela foi para a Healdtown College, uma faculdade metodista onde se matriculou. As instalações ficavam perto do Fort Beaufort, um dos importantes postos avançados dos ingleses nas guerras xhosas. Para chegar até lá, indo de carro, de trem e a pé, Mandela atravessou pela primeira vez o grande rio Kei, fronteira essencial durante aquelas guerras. A área estava repleta de recordações, para citar o poeta Mqhayi (que logo iria conhecer), lembrando como o "arame" da Europa havia estrangulado e subjugado o *assegai* da força e do orgulho africanos.

Em Healdtown, jovens xhosas como Mandela, além de uma parcela de estudantes de tribos ou comunidades vizinhas, aprendiam a se tornar "ingleses negros" (expressão dele), mais uma vez seguindo um austero regime vitoriano que inculcava o *autocontrole* e o *trabalho árduo.* O primeiro sino tocava às seis da manhã, as luzes se apagavam às nove e meia da noite; a alimentação consistia em pão, amido de milho e água. Mesmo assim, Mandela se adaptou com relativa facilidade a essa disciplina e descobriu que, ao segui-la, ficava mais fácil absorver o que lhe ensinavam. Anos depois, ele declararia que continuava a ser um anglófilo, admirador constante dos costumes e instituições políticas inglesas.

Como em Clarkebury, ele manteve o gosto por vários esportes, destacando-se em especial na corrida de longa distância, que lhe permitia, como disse, uma estimulante "disciplina e solidão", a tal ponto que prosseguiu com esse esporte até os anos da universidade. Como se evidencia a partir dessa época, o autodomínio que Mandela adquirira para lidar com suas perdas pessoais foi solidamente reforçado nos contextos institucionais rigorosos dos internatos que frequentou. Na época em que estava prestes a se tornar líder político, as qualidades de autodisciplina, perseverança e dedicação vieram a lhe parecer não só uma segunda natureza, mas atributos inalienáveis para qualquer pessoa em posição de autoridade.

Decidido a "preparar" Mandela "para o sucesso no mundo", em 1939 Jongintaba obteve uma bolsa de estudos das autoridades do Transkei para que seu protegido prosseguisse os estudos na Universidade de Fort Hare, que então era a instituição universitária mais prestigiosa para os africanos negros ao sul do Equador. Embora até então seu primo Justice o tivesse precedido na escada educacional, a partir de agora Mandela iria ultrapassá-lo. Ele chegou à universidade usando um relógio de pulso e um terno novo, de lapelas largas, que seu tutor lhe comprara (Figura 3). Embora uma entrevista recente dê uma data anterior para a fotografia em que ele aparece com essas roupas novas, mesmo assim o terno representava ao mesmo tempo seu primeiro contato com as seduções das roupas ocidentais – apresentando-se como um "inglês negro" – *e* com o ambiente intelectual mais estimulante que conhecera até então.

Fort Hare fora inaugurada em 1916 como Native Central College, construída em terreno doado pela missão metodista de Lovedale. Meros vinte anos depois, se tornara, sob a disciplina rigorosa do diretor Dr. Alexander Kerr, um centro de treinamento de primeira categoria para a minúscula classe média negra da África do Sul. Ainda um xhosa de coração, Mandela agora se via introduzido numa vibrante rede social intercultural, que compreendia os representantes das principais famílias sul-africanas negras (os Jabavu e os Bokwe) e os filhos bem-dotados de comunidades mais pobres e menos afortunadas, como Oliver Tambo. Juntos, eles prefiguravam a nação sul-africana negra do futuro.

Mandela começou a estudar para o bacharelado na carreira que agora escolhera, a administração nativa, cursando disciplinas de história, antropologia e direito com alguns dos principais acadêmicos africanos da época, entre eles os professores Z. K. Matthews e D. D. T. Jabavu. Ele e os colegas se sentiam muito motivados por julgarem que tinham um status especial como elite que, nas palavras de "Z. K.", alcançaria o sucesso "através do trabalho e da moderação", como aconselhara o afro-americano Booker T. Washington. Mas, de modo geral, o orgulho pessoal não se expressava em termos políticos. Na verdade, a posição social deles dependia, em muitos aspectos, de darem um apoio ainda acrítico ao *status quo*. Com o início da Segunda Guerra Mundial, os estudantes se declararam "ardorosos" defensores dos aliados, aplaudindo Jan Smuts, que fora general dos bôeres e foi o orador de honra na cerimônia de formatura de 1940 na universidade, por seu empenho em levar a África do Sul a entrar na guerra. Em contraste, o CNA era uma organização da qual "se ouvia falar vagamente", parecendo perdida no passado, embora Z. K., militante do CNA, tivesse protestado contra a anulação do voto negro na Província do Cabo. Ainda que Mandela vivesse nesses anos seus primeiros incidentes explicitamente raciais e fosse amigo de pessoas de diferentes posições, nacionalistas e moderadas, naquela época sentia-se profundamente desconcertado perante as associações políticas de atitude mais veemente.

No final do segundo ano em Fort Hare, houve um conflito entre estudantes e administração devido ao mau tratamento de um funcionário da cantina, exacerbado por um protesto anterior por causa da comida. Esse desdobramento, que encerrou bruscamente a primeira fase da carreira universitária de Mandela, veio a se tornar um marco de referência em sua politização. A continuação do que efetivamente ocorreu varia entre as diferentes versões biográficas. Apesar das alegações em contrário em sua autobiografia, no fim parece que Mandela *não* fez parte do conselho estudantil que convocou um boicote das eleições do Conselho de Representação Discente (CRD) em resposta ao episódio da cantina. Pelo contrário, já eleito por uma pequena minoria para o conselho, ele seguiu uma via de protesto mais solitária, recusando-se a assumir sua posição, o que levou Kerr a suspendê-lo. Esse revés serviu apenas para fortalecer sua determinação, e ele voltou para casa para enfrentar a fúria de Jongintaba, que insistiu que Mandela retornasse para concluir o curso.

O que impediu um impasse prolongado entre tutor e afilhado foi uma segunda decisão peremptória, que pode ter sido ou não desencadeada pela primeira. Naquele verão, Jongintaba, que no fundo era um patriarca tradicional, arranjou o casamento de Justice e de seu protegido, chegando a pagar a *lobola* (o preço da noiva) pelas duas mulheres escolhidas. Apesar de dever tudo o que sabia a seu tutor, Mandela, junto com o primo, decidiu que não se dobraria a uma tradição que lhe era imposta sem ser consultado. Em poucos dias, os dois rapazes tomaram as providências para fugir para o lugar das oportunidades para os negros que era Johannesburgo, a antiga cidade mineira que agora prosperava, assim embarcando na peregrinação para a cidade grande já empreendida por muitos compatriotas, brancos e negros. No período de 1936-1946, quando os dois fizeram a jornada, a população negra de Johannesburgo, devido ao afrouxamento dos controles de entrada em época de guerra, aumentou em dezenas de milhares de habitantes.

Sob os olhos desconfiados de Jongintaba, os dois rapazes organizaram a fuga em segredo, obrigados a vender cabeças de gado do patriarca para comprar o bilhete de trem e facilitar a passagem pelos postos de fiscalização dos passes. (O passe era uma espécie de documento de identidade, controlando a locomoção dos negros pelo país: naquela época, apenas os homens eram obrigados a portá-lo.) No trecho final da viagem foram de carro, levados por uma branca que fora indicada como contato, e naquela noite conheceram a revelação da luz elétrica em massa que era Johannesburgo. Embora parecesse o final de uma longa viagem, na realidade, escreveu Mandela, era "o primeiro início de uma viagem muito mais longa e mais difícil". Mesmo assim, embora se sentindo em dívida para com seu protetor, ele se julgava mais do que pronto para dar esse passo rumo a um novo futuro. Certamente sentindo-se desvinculado de lealdades mais arraigadas, devido à precoce desintegração do lar de sua família, e na convicção de que era capaz de controlar a si e a seu destino, Mandela agiu parecendo plenamente preparado para cortar as obrigações com sua linhagem praticamente da noite para o dia. Estava entusiasmado em proceder como indivíduo moderno, aberto às novas formas independentes de desenvolver uma identidade que a cidade lhe oferecia.

A mulher que os rapazes pagaram para levá-los de Queenstown a Johannesburgo, na viagem que mudaria a vida deles, foi uma das primeiras pessoas brancas, tirando os professores e suas esposas, com quem Mandela conversara mais demoradamente na vida. Para concluir esta seção que acompanha sua transição até o começo da idade adulta, cabe perguntar como alguém como ele, crescendo numa terra marcada com os sinais da colonização branca e da destituição africana, tinha até então evitado o sentimento de inferioridade racial e ressentimento como indivíduo negro. Afinal, as vozes elegíacas dos chefes comunitários e as histórias nacionalistas generalizadas do curso na faculdade lembravam-lhe penosamente as perdas de seu povo, as "guerras travadas [...] em defesa do território natal", como ele disse no discurso de Rivonia, em 1964.

Um contexto colonial baseado na opressão racial gera patologias tanto na consciência negra quanto na consciência branca, como mostra a teoria pós-colonial. Talvez em nenhum outro lugar isso tenha se evidenciado com maior clareza do que na África do Sul, onde toda a política de Estado era moldada por uma ideologia dominante da supremacia branca. Como disse W. E. B. Du Bois em relação à América africana em 1903, num sistema colonial os negros "sempre [se enxergam] pelos olhos de outros [...] avaliando a alma pelo metro de um mundo que os olha de cima com desdém e piedade". Para o escritor sul-africano Can Themba, dos anos 50, também educado em Fort Hare, "o peso do crime do homem branco contra minha personalidade... torna negativo todo o brilho do intelecto... Todo o ethos sangrento ainda me asfixia". Mandela não teria esses sentimentos de falha, de fracasso, quando medido pelos critérios do mundo branco? Como ele evitou o peso asfixiante da *negação negra*, aquela "intensa dor intrapsíquica" que nasce quando o oprimido interioriza a percepção do opressor, na importante formulação do analista anticolonial Frantz Fanon?

A resposta a tais perguntas é complicada, mas provavelmente se encontra na formação privilegiada de Mandela num ambiente rural relativamente protegido de agricultores prósperos. O status de seu tutor mais do que compensou a perda de prestígio do pai, e ele cresceu esperando participar do ambiente de propriedade e autodomínio que cercava a aristocracia tembu. No pátio de Jongintaba, as instituições negras de autoridade operavam com êxito, apesar do colonialismo, e as instituições brancas, durante boa parte do tempo, existiam apenas à distância. Como escreve Mandela, o regente tratava os comerciantes e funcionários públicos brancos que o visitavam "nos mesmos termos em que eles o tratavam".

Assim, até chegar a Johannesburgo, Mandela, que efetivamente era membro de duas elites sobrepostas, a tembu e a da escola missionária, raramente fora objeto de olhares depreciativos dos brancos. Mesmo então, na escola e na universidade, a imagem que tinha de si mesmo era reforçada pelo fato de integrar diferentes comunidades negras de espírito independente. Durante todo esse tempo, no ambiente liberal, embora hierárquico, das escolas metodistas e depois de Fort Hare, incentivava-se nos estudantes o sentimento de que eram eleitos. Nessa esfera pública nascente, como descreve um comentador, eles tinham liberdade de experimentar um amplo leque de vocabulários referentes ao progresso moderno, pelos quais se definiriam, independentemente da cor da pele. Aqui, desde que o indivíduo estivesse preparado para se devotar com afinco ao trabalho, a recompensa, fosse terrena ou espiritual, estava assegurada. Daí a incansável exortação de Mandela aos próprios filhos para que mostrassem ímpeto e ambição e construíssem algo na vida.

A confiança pessoal de Mandela como sujeito moderno seria posta à prova no novo ambiente urbano de Johannesburgo, como quando se deparou com a bandeja de chá separada em seu primeiro emprego num escritório de advocacia. Mas sua confiança era suficientemente arraigada para não ficar muito abalada. Como observa Gordimer, entre outros, muito provavelmente essa segurança em relação a si mesmo também explica como ele saiu dos anos de cárcere sem mostrar azedume. Essa segurança e também o apoio constante de uma sólida rede de amigos e contatos. Além disso, em Johannesburgo, devido à situação de guerra, apresentavam-se aos negros perspectivas mais promissoras do que ocorrera até então.

A vida na cidade grande

O primeiro emprego de Mandela na cidade foi como guarda de um complexo mineiro, e o de Justice como escrevente, e os conseguiram usando seus contatos tembus. Mas a mesma rede de contatos se voltou contra eles quando Jongintaba, enfurecido, escreveu para que os demitissem. Por meio de um parente com quem morou algum tempo, Mandela então conseguiu ser apresentado ao "parceiro" xhosa Walter Sisulu (1912-2003), agente imobiliário bem relacionado que trabalhava na Commissioner Street, no centro de Johannesburgo, e já era membro de tendências socialistas do CNA. O encontro com esse homem notável – sempre confiante e capaz, embora sem ter o status social de Mandela, orgulhosamente africano a despeito da mestiçagem na família – transformou a vida do jovem em termos fundamentais.

Sisulu, por seu lado, parece ter se impressionado com algo marcante e ao mesmo tempo tranquilizador na presença de Mandela. No impulso desse rápido conhecimento inicial, ele conseguiu colocação para seu novo amigo como empregado de escritório, com a perspectiva de ser estagiário como escrevente, no escritório de advocacia branco judaico de Witkin, Sidelsky e Eidelman, tendo Lazar Sidelsky como mentor jurídico. A esperança era que esse emprego servisse de trampolim para que Mandela voltasse para o curso de direito na universidade. O jovem sentia que sua educação "dificilmente [...] se adequava" a um contexto onde seus novos colegas, mesmo sem diploma, falavam inglês melhor do que ele e tinham mais desenvoltura na cidade.

Na autobiografia, Mandela não aborda explicitamente por que se decidiu pelo direito, além da contingência de conhecer Sisulu. Mas a ligação entre o papel de um administrador nativo, convencionalmente uma função rural, e o de um advogado, a profissão equivalente na cidade, é evidente por si só. Apesar do papel restrito do direito em proteger as liberdades civis na África do Sul, os tribunais ofereciam a Mandela um espaço onde se podia deliberar sobre interesses conflitantes, exacerbados pelo ambiente segregacionista, tal como no pátio de Jongintaba. Como seu correlato indiano Gandhi, Mandela já desenvolvera, nessa fase inicial, um profundo respeito pelos ideais de *justiça* e *arbitragem*.

Morando inicialmente na "Cidade Escura" de Alexandra, sem luz elétrica, e mais tarde em Orlando, distrito em expansão com construções de alvenaria, Mandela foi atirado ao calor da luta negra pela sobrevivência urbana e pela independência política. (O clima pesado desses anos de formação na cidade é tratado com detalhes no Capítulo 5.) Com a morte de Jongintaba, Mandela perdeu a mesada (que lhe fora restaurada após uma reconciliação), o que deixou o ex-protegido na dependência da generosidade dos conhecidos e dos empréstimos de grupos de assistência. Ele andava a pé para economizar o dinheiro da passagem de ônibus e usava o mesmo terno diariamente, mas conseguiu impressionar o escritório de advocacia com seu empenho e disciplina no trabalho.

Em 1943, mesmo ano em que começou a frequentar regularmente as reuniões do CNA junto com um colega do escritório, o radical Gaur Radebe, Mandela se matriculou para um curso em meio período de bacharelado em direito, na Universidade do Witwatersrand, cujo corpo discente era majoritariamente branco. Colegas como Ruth First se lembram de Mandela naquele período como um jovem reservado, impecavelmente vestido, "muito consciente de sua negritude" (agudamente, talvez, pela primeira vez). Em 1944, ele se casou com a enfermeira Evelyn Mase, devota praticante, apolítica, mãe de quatro filhos seus, que por catorze anos lhe proporcionou a sólida base familiar a partir da qual ele se organizaria como nacionalista radical. Seus múltiplos compromissos rivais, porém, impediam a concentração nos estudos. Em 1949, ele foi reprovado no exame final de direito e teve de completar sua formação jurídica com o exercício prático da profissão.

A conscientização política de Mandela se deu, como ele reconheceu mais tarde, não por algum episódio racial que lhe trouxe uma "revelação", mas pelas "mil indignidades" que presenciava diariamente nas ruas de Johannesburgo. Após o sucesso do boicote aos ônibus em 1943, liderado por Radebe, demonstrando o poder da ação de massas, ele se viu "devotado" à libertação de seu povo. Por meio de contatos no trabalho, Mandela conheceu membros do Partido Comunista Sul-Africano (PCSA), como Michael Harmel, J. B. Marks e Moses Kotane, e foi apresentado às novas formas "iluminadoras" de análise social, mais especialmente, lembrava ele, as teorias materialistas dialéticas da transformação revolucionária. Provavelmente tenha sido Harmel quem lhe expôs a tese marxista incipiente do colonialismo interno, pois foi com base na receptividade dos comunistas aos movimentos de libertação nacional que, mais tarde, Mandela concordou com a colaboração entre o PCSA e o CNA. (A tese, resumidamente, sustentava que o sistema de classes num contexto colonizado como a África do Sul era subdesenvolvido, sendo a opressão ao mesmo tempo racial e classista, o que significava que os socialistas deviam firmar alianças com os nacionalistas africanos.)

Embora fosse um intruso nas reuniões comunistas nos anos 40, Mandela às vezes frequentava a escola noturna do Partido Comunista na Fox Street e, alguns anos depois, em 1950, inscreveu-se num programa de leituras do cânone marxista, incentivado por Harmel. Em termos comparativos, porém, Sisulu seguiu sistematicamente uma linha mais radical de pensamento, entrando formalmente no Partido Comunista reconstituído na clandestinidade, em 1953, coisa que Mandela nunca fez. De seu ponto de vista, como nacionalista desconfiado do comunismo como "estrangeiro" em relação à África, sempre haveria um lugar reservado para a burguesia negra à mesa da libertação. (Isso se refletiu em seus escritos políticos, embora os parágrafos em questão fossem revisados posteriormente, a partir da edição de 1965 de seus artigos.)

Tal como se desenrolaram os eventos, Mandela entrou no CNA numa época em que a organização estava se revigorando, incentivado em larga medida por seus novos companheiros Sisulu e Radebe, bem como pelo brilhante e ardoroso nacionalista Anton Lembede. Fundado em 1912 por Pixley ka Seme, Sol Plaatje e John Dube como organização política em defesa dos direitos territoriais nativos, no final dos anos 30 o CNA se tornara uma entidade política não combativa, se não quase passiva, cujas atividades se concentravam basicamente em fazer petições. Inaugurou-se uma nova fase em seus rumos com a eleição do dinâmico Alfred Xuma, em 1940. Na conferência anual de 1943, ele presidiu a reivindicação dos filiados mais jovens para a criação de uma Liga da Juventude, baseada em ideias africanistas e estruturas não hierárquicas congregando as bases, bem como para uma alteração nos regimentos da entidade para conceder plena igualdade aos membros do sexo feminino.

A Liga da Juventude do CNA (LJCNA), uma das forças mais importantes que moldaram a política sul-africana na segunda metade do século XX, foi criada oficialmente no Centro Social dos Homens Bantus em Eloff Street, no começo de 1944. No novo espírito do nacionalismo que surgia entre as massas africanas no período da guerra, o manifesto da LJCNA exortava o africano a "determinar seu futuro por esforço próprio". Na esteira do intenso trabalho de Mandela ajudando a formar a Liga, ele foi eleito em 1947 para a executiva do CNA para a província do Transvaal, e em 1948 tornou-se o secretário da LJCNA, com a responsabilidade de organizar novas seções e dinamizar o recrutamento.

A resposta da LJCNA à vitória do Partido Nacional Africâner em 1948, com um programa de apartheid (para transformar a segregação racial em lei), foi lançar em 1949 um "Programa de Ação", com vistas a fomentar protestos de massa em moldes gandhianos, como Mandela expôs na revista *African Lodestar*. Diante da nova legislação repressora do governo, ele estava empenhado, como os colegas A. P. Mda, Tambo e Sisulu, em organizar a "máquina" da libertação africana (o termo era de Sisulu). No final de 1949, a Liga teve sucesso no plano de ganhar o controle da executiva do CNA, afastando Xuma, agora demasiado cauteloso, em favor do dr. James Moroka, aparentemente mais maleável, e logo a seguir Mandela foi chamado para a executiva nacional em lugar de Xuma. Em 1950, foi eleito presidente da LJCNA, substituindo Mda, que fora obrigado a renunciar por motivos de saúde.

Embora Mandela ainda em 1950 continuasse a discordar de Sisulu quanto ao apoio aos comunistas e indianos, ele passou por uma profunda mudança interior entre os protestos de 1º de maio, reprimidos pela polícia, e o Dia de Luto, em 26 de junho, organizado por um comitê conjunto nacionalista-comunista e indiano-africano. Seu respeito pelo alto grau de organização que distinguia esses outros grupos parece ter se traduzido numa abordagem mais pragmática de estabelecer alianças com eles. Isso ficou claramente ilustrado na Campanha de Desafio de 1952, lançada para converter a "unidade não europeia" numa força viva contra o "fascismo", nas palavras de Mandela. Esse desenvolvimento, para o qual ele contribuiu como chefe voluntário, está apresentado no Capítulo 4, que trata de suas influências políticas e intelectuais.

O ano de 1952 representou um momento crucial na carreira de Mandela. Embora muitas seções locais do CNA estivessem visivelmente motivadas para a participação no Desafio, o sucesso da campanha de massa e o fato de que as passeatas *em todo* o país contra a legislação do apartheid tenham sido *pacíficas* deram-lhe grande destaque público, sem igual entre seus pares. A Campanha de Desafio se revelou decisiva também para moldar a política de perfil abrangente do CNA pelo resto da década. Em seu empenho para recrutar apoio, Mandela sentiu pessoalmente que criara uma nova confiança como "combatente pela liberdade": "o homem branco sentira o poder de meus punhos, e eu podia andar de cabeça erguida como homem".

O impacto prolongado do Desafio

Desde o começo dos anos 50, a habilidade de líder de Mandela, bem como sua formação jurídica e o dom de criar amizades entre várias faixas de cores passaram a ser constantemente requisitados. Seus camaradas sabiam que o Congresso precisava de uma figura de liderança capaz de aglutinar as forças e, ao que parece, mesmo nesses anos do Desafio, eles colaboraram para polir a imagem carismática de Mandela. Ele se habilitou como advogado no mesmo ano em que se tornou presença política pública, e em agosto de 1952 associou-se a Oliver Tambo, colega de faculdade em Fort Hare, para abrir o primeiro escritório negro de advocacia na África do Sul, situado na Fox Street, no centro de Johannesburgo. Mandela ficou conhecido por suas atuações enfáticas e teatrais no tribunal, convertendo o concorrido escritório num empreendimento de grande sucesso comercial.

> Pode-se reconhecer um herdeiro autêntico naquele que conserva e reproduz, mas também naquele que respeita a tal ponto a lógica do legado que, ocasionalmente, pode virá-la contra os que dizem ser seus guardiões.
>
> **Jacques Derrida, "As leis da reflexão: Nelson Mandela, em admiração" (1987)**

Em qualquer ação política, como observaram vários contemporâneos, Mandela sempre se empenhou em reconciliar sua tendência a se colocar em alta posição de comando e sua convicção de que um líder deveria se identificar com os interesses de seu povo. Essa dualidade está sintetizada em sua formulação do chamado Plano M ou Plano Mandela, dos anos 50 – uma estrutura de rede com células densamente ligadas, concebida para o CNA caso a organização fosse proibida. Mandela sempre reivindicou os créditos por ter inaugurado o plano (e, de fato, defendeu-o amplamente): este condizia com sua preocupação em manter um compromisso sério e sincero com seu Congresso. No entanto, como afirma o biógrafo Tom Lodge, inicialmente ele parece ter adotado a ideia a partir das modalidades de organização popular de base no Cabo Oriental; em outras palavras, por meio de uma prudente observação "majestática" à distância. Os anos de prisão iriam reforçar sua típica posição de distanciamento, embora equilibrada pela firme e constante aprovação de estruturas abertas e democráticas de engajamento e concordância. Durante e após o período de Johannesburgo, sólidas relações horizontais com colegas e camaradas equilibravam as obrigações patrícias "verticais" de Mandela.

Diante da ameaça à segurança do Estado, representada pela Campanha de Desafio, o governo reagiu com medidas "drásticas": batidas policiais, prisões e penas por atividades inconstitucionais. Em julho de 1952, Mandela foi preso pela acusação de violar a Lei de Proibição do Comunismo e, quando acusado, recebeu uma sentença com suspensão condicional da pena pelo papel desempenhado na campanha. Não muito tempo depois, coincidindo com a eleição do pacifista cristão Chefe Albert Luthuli como presidente do CNA, um mandado de interdição o deixou confinado ao distrito judicial de Johannesburgo por um período de seis meses, impedindo-o de fazer discursos em público e obrigando-o a renunciar ao novo cargo importante de presidente do CNA no Transvaal. Este foi o início de uma década de constantes prisões e interdições, entremeados por curtos períodos "livres" esquivando-se à polícia.

Em 1954, Mandela foi obrigado a contestar uma petição da Sociedade Jurídica do Transvaal para que fosse excluído da lista de advogados devido a suas atividades "ilegais". Conseguiu, mas a partir aí seu respeito pelo império da lei seria continuamente testado pelo interesse do Estado em tratá-lo como "criminoso não condenado", como diz sua declaração no julgamento de 1962. Apesar da interdição, ele participou discretamente na agitação contra as desapropriações de Sophiatown, enquanto chegava à triste percepção de que, infelizmente, os protestos pacíficos não conseguiriam derrotar o governo, nem naquele momento, nem em qualquer ocasião futura. Não muito tempo depois de expirar a primeira ordem de interdição, ele deu vazão à sua frustração num discurso invulgarmente combativo, apresentado na Praça da Liberdade de Sophiatown, no qual ele admitia, para o grande prazer da multidão, que a não violência não conseguiria derrubar "um regime de minoria branca decidido a conservar o poder a qualquer custo".

No contexto polarizado da Guerra Fria, que então se intensificava, com o governo definindo toda e qualquer oposição como "comunismo instituído" e consolidando sua política de segregação geográfica total, a reação contrária do CNA foi ampliar constantemente as bases da luta, fortalecendo as alianças multirraciais e interculturais que lhe eram potencialmente possíveis. Em 1955, essa ampliação assumiu a forma de uma Convenção Nacional, encarregada de redigir a Carta da Liberdade, uma constituição humanista liberal *e* socialista que esboçaria os contornos de uma futura África do Sul e, esperava-se, sepultaria definitivamente a política racializada. Utilizando as mesmas redes e iniciativas de estabelecer contatos usadas pela Campanha de Desafio, a versão inicial da Carta foi discutida no CNA, no Congresso Nacional Indiano e no Congresso (branco) de Democratas, em reuniões por todo o país, e foi aprovada num ampla reunião do Congresso do Povo em Kliptown, perto de Johannesburgo, em 26-27 de junho de 1955. Mandela, cumprindo sua segunda ordem de interdição, observou à distância. Agora estava utilizando o jornalismo para participar do debate público sobre a Carta e, num artigo do *Libération* de junho de 1956, endossou seus pontos principais: a *plena transferência do poder* para "o povo" e a *estatização.*

Em dezembro de 1956, o governo reagiu da maneira mais pesada contra o movimento de resistência que se formava no país, prendendo participantes importantes da Campanha de Desafio e do Congresso do Povo, 156 ao todo, inclusive Mandela e representantes de todas as raças, e acusando-os de alta traição (Figura 4). O longo Julgamento por Traição que se seguiu (primeiro no Centro de Treinamento de Johannesburgo, depois na Sinagoga Velha de Pretória) reduziu o número original de acusados para trinta e alijou a licença de Mandela e Tambo de exercerem o direito, bem como o meio de subsistência de muitos outros acusados. Mesmo assim, o processo se revelou inicialmente muito produtivo em termos interpessoais: facilitaram-se as reuniões entre ativistas de todo o país, e diferentes grupos raciais, geralmente divididos em suas entidades políticas separadas, descobriram um sentimento surpreendente de solidariedade na resistência.

O envolvimento dos líderes do CNA no Julgamento por Traição, que se estendeu por cinco anos, e o fato decorrente de descuidarem dos afazeres cotidianos da organização política levaram a que se criassem condições para a formação de um grupo dissidente de africanistas. Descontentes com o multirracialismo do CNA e enxergando um controle comunista sobre a liderança, esse grupo formou o Congresso Pan-Africanista (CPA), em 1959, com uma plataforma nacionalista exclusivamente negra. Como tal, desde seu surgimento o CPA teve mais elementos em comum com movimentos nacionalistas em outras partes da África em descolonização do que o CNA, fiel aos princípios da Carta da Liberdade, como Mandela logo iria descobrir. Sensível ao veio populista, o CPA desencadeou em março de 1960 os protestos contra o passe, aos quais, como veremos, a polícia respondeu com a pérfida brutalidade do massacre de Sharpeville.

A pressão das atividades políticas de Mandela também gerou graves desdobramentos em sua vida pessoal. O casamento com Evelyn desmoronou, terminando em divórcio em 1958, e ele se apaixonou pela fascinante Winnie Madikizela, jovem pertencente a uma família importante do Transkei e tida como a primeira assistente social negra de Johannesburgo. Ela foi atraída pelo estilo imponente dele, ele pelo encanto e beleza dela, e também pela imagem glamorosa projetada por aquele relacionamento: ambos tinham o mesmo gosto pela moda e por se vestirem bem, o que, para Mandela, compensava a ingenuidade política de Winnie. As cartas que lhe escreveu da prisão,

4. Os Réus do Julgamento por Traição de 1956, presos e acusados por atividades contra o governo e gradualmente absolvidos nos cinco anos seguintes. No meio da terceira fila, destaca-se Mandela, com sua estatura elevada. Também estão presentes os amigos Ruth First, Helen Joseph, Z. K. Matthews e o Walter Sisulu. A famosa foto capta o bom humor e otimismo dos réus e a cooperação multirracial que sustentou sistematicamente a política do CNA. O polegar erguido era o símbolo de desafio do CNA.

repletas de imagens de danças tropicais, toques delicados, sabores intensos, confirmam a vívida impressão dos amigos de que o relacionamento era alimentado por uma grande carga erótica – "choques elétricos", como dizia Mandela. (Ainda em 1978, ele lhe escreveu do cárcere: "Simplesmente vê-la, e mesmo pensar em você, acende mil chamas em mim".) Winnie já manifestava as qualidades voluntariosas que lhe trariam fama, e depois má fama, mas era evidente que, àquela altura, ela se sentia intimidada por Mandela, ciente de que estava se casando não só com um homem, mas também com uma luta. Tal como ocorrera com Evelyn, as expectativas de Mandela em relação ao casamento com Winnie eram tradicionalistas, embora ele não contrariasse sua vontade de se envolver em política, inicialmente na campanha das mulheres contra o porte do passe.

Entrando a nova década, várias nações africanas conquistaram a independência política da potência colonial, a Inglaterra. Com esse pano de fundo inebriante, o CPA e o CNA lançaram protestos separados contra o passe: o do CPA mostrando detenções em massa nos postos policiais, e o do CNA a queima dos passes. Em 21 de março de 1960, numa cidade do sul do Transvaal, uma multidão de 10 mil pessoas cercou o posto policial e a polícia em pânico abriu fogo, matando 69 manifestantes. Este foi o marco dramático de Sharpeville, que levou o CNA e o CPA à ilegalidade, despertou a condenação internacional unânime da África do Sul e resultou na declaração de estado de emergência nacional. Para Mandela, os protestos paralelos do CPA e do CNA tinham desencadeado o início de uma situação revolucionária, embora também acreditasse que as duas organizações haviam subestimado gravemente a ferocidade da oposição africâner a eles.

No meio dessa tempestade política, Tambo saiu secretamente do país para dar prosseguimento à luta do CNA no exterior, num escritório em Londres, e Mandela, preso por cinco meses, foi intimado a depor no Julgamento por Traição. Em sua primeira grande oportunidade de falar em público depois de anos, ele discorreu sobre suas diversas lealdades ideológicas:

o nacionalismo africano, o multirracialismo do Congresso e o comunismo. A partir daí, retomou o exercício da advocacia e condensou o movimento de massa que constituíra o CNA em torno de seu "cerne" central, isto é, o Plano M, para lhe permitir sobreviver na clandestinidade. Ainda alimentado pelo otimismo revolucionário, o CNA organizou uma Conferência Africana Geral para 26 de março de 1961 em Pietermaritzburg, em Natal, quando convocaria uma Convenção Nacional de todas as raças para formular uma nova constituição. Um protesto de massa com greves e boicotes aos transportes foi convocado para 31 de maio, data em que a África do Sul devia se tornar uma república.

Tendo expirado sua última ordem de interdição, Mandela aumentou a comoção em torno de sua figura aparecendo na conferência de março com terno e colete xadrez, sapatos muito lustrosos e barba, esta como marca do personagem radical que ele vinha cultivando. Seu discurso, que alguns consideraram insípido, embora acompanhado por aclamações dos ouvintes, seria o penúltimo numa plataforma pública pelos próximos 29 anos. Terminou com a exclamação *Amandla ngawethu!* (O poder é nosso!) e deu um vigoroso impulso ao culto da personalidade de Mandela – assim como suas reuniões clandestinas com editores dos jornais para expor a visão do CNA. Até sua prisão, em 1962, Mandela, usando o nome de David Motsamayi, e apelidado publicamente de Pimpinela Negro, viveu trocando de esconderijos, com uma série de disfarces: vigia noturno, estudante, demonstrador agrícola, frentista de posto de gasolina.

Em 1961, o Julgamento por Traição chegou ao fim, com a absolvição completa de todos os envolvidos. Depois de anos de uma encenação judicial farsesca por parte do Estado e de hábil contestação da defesa (Victor Berrangé, Bram Fischer e depois Sydney Kentridge), os juízes não conseguiram estabelecer que o CNA planejara derrubar o Estado pela violência. Logo a seguir, Mandela foi para a clandestinidade, a fim de organizar os protestos de massa planejados contra a nova república baseada no apartheid. Nessa ocasião, ele descobriria em si uma aptidão como organizador e porta-voz ainda maior do que já sabia ter.

Visto que toda a liderança do CNA estava proscrita, a greve de 31 de maio teve relativo sucesso apesar de uma falha nos meios de comunicação, o governo declarando à imprensa que a ação de três dias fora cancelada já no primeiro dia. Como em 1952 e 1955, Mandela viu que o Estado estava empenhado em fechar praticamente todas as vias disponíveis para um ativismo pacífico. Maio de 1961 traçara uma linha excluindo outras possibilidades de resistência não violenta.

Apesar da oposição, naquele momento, do chefe Luthuli, ganhador do Prêmio Nobel da Paz de 1961, Mandela passou o segundo semestre daquele ano elaborando cuidadosamente os argumentos em defesa da *luta armada*, como expõe o Capítulo 4. Em julho, uma reunião com indianos, comunistas brancos e outros aliados decidiu que se formaria a Umkhonto we Sizwe (MK, "Lança da Nação", expressão cunhada por Mandela) como poderoso instrumento "que levaria a luta até o coração do poder branco". Embora filiada ao CNA, a Umkhonto operaria como grupo separado, para permitir que o CNA continuasse como organização política (embora sofrendo o inevitável desfalque em suas lideranças). A MK se dedicaria a *sabotagens*, não ainda ao terrorismo ou à guerrilha, para manter a via aberta para a reconciliação em data posterior.

Nunca houve qualquer dúvida de que o comandante da MK seria o vigoroso e militante Mandela, responsável por montar a organização e nomear os quadros. Em 16 de dezembro de 1961, feriado oficial que celebrava a vitória dos africâneres contra os zulus em 1838, a Lança da Nação iniciou sua primeira campanha de sabotagem com uma série de bombas que explodiram em edifícios do governo e subestações elétricas em três grandes cidades. Nessa fase, o alto-comando do CNA, em íntima colaboração com o PCSA, na clandestinidade fazia muito tempo, estava operando numa sede secreta, Liliesleaf Farm, situada em Rivonia, subúrbio semirrural de Johannesburgo.

Em 10 de janeiro de 1962, Mandela saiu secretamente da África do Sul para participar da conferência do Movimento de Liberdade Pan-Africana para a África Oriental e Central

(MLPAAOC), em Adis Abeba, como representante do CNA. Além de falar na conferência – seu discurso chamava-se "Uma terra governada pelo fuzil" –, sua principal intenção era estabelecer contato com outros governos e grupos nacionalistas africanos e, secretamente, procurar oportunidades para o treinamento dos quadros da MK. Seus seis meses de viagem realmente traçaram um mapa pan-africano, num zigue-zague que cobriu o continente do leste para o norte, para o oeste, para o norte outra vez e de novo para o oeste. Na Tanzânia, ele conversou com Julius Nyerere sobre as bases autóctones do socialismo africano. Na África Ocidental (tirando o Senegal) e na conferência do MLPAAOC, ele enfrentou hostilidade devido ao multirracialismo do CNA, que se refletia em suas declarações de que os africanos árabes também eram africanos.

Depois, no Marrocos, Mandela se reuniu com representantes do Front de Libération Nationale (Frente de Libertação Nacional) da Argélia, um dos quais, Houari Boumedienne, concordava com ele que os movimentos de libertação armados têm mais êxito quando vão à mesa de negociações (Figura 10). Em Londres, Mandela conversou com parlamentares trabalhistas e liberais e prestou seus respeitos à democracia ocidental visitando a Praça do Parlamento (onde foi erigida uma estátua sua em 2007). Na Etiópia, ele começou um programa de treinamento militar, mas que foi bruscamente interrompido quando Sisulu o chamou de volta à África do Sul. Depois de um breve retorno a Johannesburgo, logo a seguir Mandela foi para Durban, para se apresentar a Luthuli e desfazer os boatos de que se tornara africanista, como reação à ideia generalizada pela África de que o CNA era "dominado pelos comunistas".

Símbolo da justiça

Pelo menos um, mas provavelmente mais do que um informante esteve presente nas reuniões que Mandela realizou em Natal no final de julho e começo de agosto de 1962, ainda dando sinais de cansaço de suas lutas africanas. Em todo caso, a polícia estava avisada sobre a data de seu retorno a Johannesburgo, em 5 de agosto de 1962. Perto de Howick, distrito no centro de Natal, pararam seu carro, e ele foi detido. Então permaneceu na Prisão do Forte de Johannesburgo, acusado de incitar o povo a uma greve e de sair do país sem passaporte válido. No julgamento, em 13 de outubro, Mandela fez sua própria defesa, pensando nas possibilidades icônicas que representaria como réu e advogado, um "símbolo da justiça no tribunal do opressor". Começou com um discurso questionando a legitimidade de um tribunal branco em julgá-lo. Ele converteu seu pedido de abrandamento de 7 de novembro num testamento político e no pedestal para sua nova fama internacional, criticando um governo que lançava a lei "em descrédito" com o tratamento dado a um protesto negro pacífico. Foi condenado a cinco anos de prisão, sendo que passou os primeiros sete meses na Prisão Central de Pretória, onde conheceu o líder do CPA Robert Sobukwe – líder quase tão imponente e importante como Mandela naquele período – e as seis semanas seguintes na Ilha Robben.

Mandela foi reintimado da Ilha Robben após a batida policial de surpresa em Liliesleaf Farm em 12 de julho de 1963, quando houve a prisão da maioria dos líderes principais da MK e do CNA e a apreensão de uma grande quantidade de documentos incriminadores. Entre esses documentos destacava-se um rascunho chamado "Operação Mayibuye", planejando uma invasão de guerrilheiros no país, bem como o diário africano de Mandela. Os prisioneiros foram acusados de sabotagem e conspiração, cuja pena, tal como nos casos de alta traição, era a morte. Depois que os advogados de defesa derrubaram o indiciamento inicial da promotoria (e os réus liberados foram imediatamente presos outra vez), o julgamento propriamente dito começou em 3 de dezembro, o Estado apresentando uma montanha de provas documentais e 173 testemunhas, inclusive Bruno Mtolo, informante de Durban.

Os acusados e seus advogados (entre eles Berrangé, Fischer, Joel Joffe e Arthur Chaskalson) sabiam que o alicerce de sua defesa consistia em usar a sala do tribunal como palco onde pudessem expor suas convicções. Perceberam que teriam de admitir a acusação de sabotagem, mas iriam negar – corretamente – que a MK já tivesse se lançado a uma guerra de guerrilha. Pelo contrário, teriam de explicar a passagem para uma *resistência armada gradual*, ressaltando que a guerra era um último recurso, a ser usado apenas se todo o resto falhasse. Mandela em especial decidiu retirar o fórum de debates do banco das testemunhas e transferi-lo para o banco dos réus, apresentando suas posições sobre a militância e a democracia.

> Tenho-me dedicado a esta luta do povo africano. Combato a dominação branca e combato a dominação negra. Alimento o ideal de uma sociedade livre e democrática, onde todos vivam juntos em harmonia e com oportunidades iguais. É um ideal pelo qual espero viver e que espero alcançar. Mas, se for necessário, é um ideal pelo qual estou disposto a morrer.
>
> **Nelson Mandela, conclusão do discurso ao tribunal no Julgamento de Rivonia (1964)**

Isso contribuiu e reforçou consideravelmente a imagem heroica criada pelo tempo que ele passara na clandestinidade. Foi Sisulu quem passou cinco dias em interrogatório no tribunal, resolutamente mantendo a posição de que a Operação Mayibuye (ou Retorno) tinha sido apenas uma proposta.

Em sua declaração de 20 de abril de 1964, cuidadosamente elaborada, oscilando entre história pessoal e visão política, Mandela invocou, tal como em 1962, a influência de suas origens africanas em suas convicções políticas, sobretudo as estruturas da sociedade africana pré-colonial, segundo ele igualitárias. Chamou a atenção para a intransigência do governo: apesar do caráter pacífico dos protestos, os "direitos dos africanos [se reduziram] em vez de aumentarem". Empenhou-se ao longo de todo o discurso em ressaltar as diferenças do CNA e mesmo da MK em relação ao PCSA, embora não negasse que

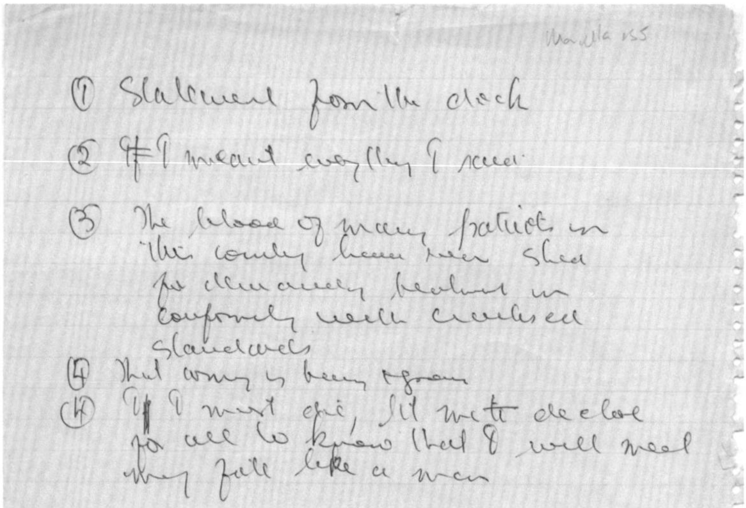

5. Julgamento de Rivonia, junho de 1964: fac-símile das anotações de Mandela para sua declaração final, que pretendia usar caso saísse uma sentença condenando-o à morte. Consta nas anotações: 1. Declaração no banco de réus 2. Mantenho tudo o que disse 3. O sangue de muitos patriotas neste país foi derramado por se reivindicar tratamento em conformidade com padrões civilizados 4. Esse exército está crescendo 5. Se devo morrer, quero declarar para que todos saibam que enfrentarei meu destino como um homem.

existiam ligações entre os grupos, por razões de conveniência prática, visto que defendiam a mesma causa. Afirmou que era recomendável a redistribuição socialista, para que "nosso povo" pudesse "alcançar" as nações avançadas. Declarou-se admirador do sistema parlamentar britânico. Encerrou sua fala, que até hoje é considerada como seu discurso mais vigoroso, com a afirmação equilibrada e agora famosa abjurando a exclusão racial, despertando um murmúrio de aprovação que se espalhou por todo o tribunal – e rapidamente se espalhou pelo mundo em matérias com a íntegra do discurso na imprensa internacional.

A sentença do Estado saiu, finalmente, em 12 de junho de 1964. Para demonstrar a firmeza de suas convicções, ele decidiu não recorrer caso fosse uma condenação à morte. Mas, nessa hipótese, Mandela havia preparado algumas linhas em resposta (Figura 5). Ali, reiterava o tom decidido do discurso feito no banco de réus, celebrava o sacrifício dos que reivindicavam seus direitos, cujas forças vinham crescendo, e expressava a esperança de enfrentar a morte "como um homem". A sentença de Rivonia foi a prisão perpétua para oito dos nove acusados, tendo o juiz Quartus de Wet aceitado que a Operação Mayibuye não avançara além da fase de planejamento. Mais tarde, na mesma noite, os presos de Rivonia foram levados por via aérea até a prisão de segurança máxima da Ilha Robben.

Capítulo 3

Crescimento de um ícone nacional: os anos seguintes

Nelson Mandela e os outros prisioneiros de Rivonia – o amigo Sisulu; o jovem Kathrada, de grande habilidade política; Govan Mbeki, marxista e o mais velho do grupo; o calado Raymond Mhlaba; os dois sindicalistas, Andrew Mlangeni e Elias Motsoaledi – chegaram à Ilha Robben na manhã fria de 13 de junho, por um prazo naquela altura ainda indeterminado. O prisioneiro branco Dennis Goldberg continuou detido em Pretória. Embora algemado, apenas Mandela não fora agrilhoado durante o trajeto e desconfiou, com razão, de que esse fato (e outros privilégios posteriores, como a autorização para prosseguir seus estudos de direito na Universidade de Londres) estava relacionado com suas ligações aristocráticas tembus, agora reforçadas por sua nova fama internacional.

Desde a primeira visita de Mandela, a Ilha Robben passara por reformas para abrigar um maior número de presos políticos com sentenças longas. Existia uma hierarquia rígida e racialmente marcada entre os guardas e os prisioneiros, na qual os guardas brancos e exclusivamente africâneres se caracterizavam pelas origens rurais ou proletárias e o baixo nível de instrução (certamente em comparação aos presos). A cela de Mandela na seção das solitárias, ou Seção B, media cerca de 2,6 por 2,3 metros, iluminada 24 horas por dia com uma lâmpada de 40 watts. Os trinta presos da Seção B não tinham nenhum acesso a jornais, rádio ou qualquer outro meio de contato com o mundo exterior. Eram autorizados a um número ínfimo de visitas e podiam receber duas cartas por ano dos parentes próximos, que geralmente tinham passado por forte censura. No começo, as notícias chegavam sobretudo pela mera presença de novos prisioneiros: em 1965, entre eles estavam Laloo Chiba e Mac Maharaj, sucessores de Mandela no alto-comando da MK.

Do ponto de vista da África do Sul no continente, os prisioneiros tinham sido transformados em todos os aspectos em não pessoas, habitantes de uma "arena" do além (imagem de Mandela), tendo como único público eles mesmos e seus carcereiros. A atmosfera reflexiva, a atividade intelectual e o simbolismo moral que marcam o período de prisão de Mandela serão examinados no Capítulo 7. Aqui a narrativa se concentra no desenrolar cronológico de sua vida no cárcere por mais de um quarto de século, uma trajetória que o levou, nas décadas finais do apartheid, aos holofotes da aclamação nacional e internacional.

Nelson Mandela.
Crime: sabotagem.
Sentença: prisão perpétua mais cinco anos.

Dados na carteira de identidade carcerária de Mandela no Julgamento de Rivonia (1964)

Na prisão da ilha

Logo após a chegada dos presos à ilha, Mandela protestou contra a discriminação racial nos uniformes: os africanos, à diferença dos presos indianos e mestiços, tinham de usar calções cáqui em vez de calças compridas. Para o cavalheiro de Johannesburgo, essa discriminação miúda na questão da roupa era duplamente inaceitável, uma dupla afronta à dignidade pessoal. No correr dos anos, ele iria incentivar outros protestos tipicamente "não violentos" contra as injustiças do sistema carcerário: andar devagar em resposta à ordem de andar mais depressa; não chamar nenhum guarda de *baas* (senhor). Somou-se a e liderou outros prisioneiros – todos hiperpolitizados – para observarem um *contrato social regulamentado*, mas em larga medida tácito, que os unia em comunidade. Para o ex-incendiário, agora mesmo os raros surtos emocionais eram calculados, quase coreografados. Por exemplo, em 1970, quando ele prestou queixa ao Comissário das Prisões sobre as agressões dos guardas, foi com base no argumento, apresentado com toda a serenidade, de que o sistema carcerário devia preservar a lei e a ordem que dizia representar.

Já de início, os colegas de prisão viram em Mandela uma autoridade moral e um modelo de conduta: era o líder que havia passado pela clandestinidade com competência e discernimento. Ele e os outros três que haviam ocupado cargos na executiva nacional do CNA, Sisulu, Mbeki e Mhlaba, todos de língua xhosa, formavam o corpo dirigente dos prisioneiros, o "Alto Órgão". Mas havia diferenças marcadas e às vezes fortes rixas nesse corpo, mesmo quando o número de integrantes aumentou. As cisões se davam especialmente entre marxistas mais rigorosos, como Mbeki, e nacionalistas africanos mais abrangentes e de apoio às massas, como Mandela, que defendiam a reforma política e econômica de preferência a uma revolução aberta, como via para atingir o objetivo central – o fim da opressão racial.

Desde o começo, Mandela concebeu maneiras de melhorar a situação da Seção B a partir de dentro, e não apenas se adaptando estrategicamente a suas regras (impostas e autoimpostas). Em particular, notando pela observação atenta que os guardas não eram todos igualmente degenerados, Mandela percebeu que seria possível, em casos individuais e num contato pessoal, chegar à capacidade humana de mudança que via presente neles. A seu ver, o sistema carcerário recompensava os brutos pelo comportamento brutal, enquanto outra abordagem talvez gerasse outra resposta.

Depois de lhe ser concedido o privilégio de estudar, Mandela decidiu aprender africâner para facilitar o processo. Afinal, o africâner era a língua de muitos sul-africanos negros – como sustentou corajosamente, mesmo na época dos protestos do Soweto contra o uso do africâner nas escolas negras. Ele suspeitava que as impressões dos africanos em relação aos africâneres derivavam de preconceitos "ingleses" que vinham desde a época da Guerra dos Bôeres e, por outro lado, impressionava-o que os africâneres reivindicassem sua pertença à África. Via que os africâneres compartilhavam com os africanos negros uma mesma história de resistência guerrilheira contra a exploração colonial. Tinha sempre em mente exemplos de africâneres dissidentes, como seu amigo advogado comunista Bram Fischer e os contundentes autores Breyten Breytenbach e André Brink. Como escreveu com notável antevisão num de seus importantes ensaios de 1976 na prisão, sobre a unidade na luta pela liberdade:

> Devemos falar diretamente ao africâner e explicar totalmente nossa posição. Encontram-se homens honestos nos dois lados da linha de cor, e o africâner não é exceção. [...] [mesmo que] este país [seja] reduzido a cinzas, ainda precisaremos sentar juntos e conversar sobre os problemas da reconstrução – o negro e o branco, o africano e o africâner.

Essa percepção de que seria possível travar um diálogo entre os dois grupos polarizados, tendo como base os mesmos sentimentos de *lealdade nacionalista* ao país e de que o *apoio africâner* era pré-requisito para a reconstrução, representa uma das revelações intelectuais mais importantes que Mandela teve na Ilha Robben.

Os carcereiros, por seu lado, com o tempo vieram a entender que podiam confiar na cooperação de Mandela para lidar de maneira construtiva com a comunidade dos presos políticos. Nessa percepção simples, mas poderosa, do mútuo entendimento intersubjetivo, estabeleceu-se efetivamente a base para o *processo de negociação* dos anos 90. A educação política que os presos deram aos jovens carcereiros foi, segundo Neville Alexander, um dos "grandes acontecimentos humanos" na ilha. Mesmo a geração dos rebeldes do Soweto, chegando a partir de 1977, acabou por se imbuir do princípio dos mais velhos de que as autoridades deviam ser tratadas de maneira racional e controlada. Negociar com o inimigo, dizia Sisulu, não significa necessariamente se vender a ele.

A partir de 1965, os prisioneiros foram postos a trabalhar nas pedreiras de calcário de um branco ofuscante. Apenas os ofícios religiosos aos domingos, incluindo um imã da Cidade do Cabo, traziam uma pausa àquela "rotina monótona" de "trabalho mecânico", como diz Mandela na autobiografia. Apesar das reclamações, o regime rigoroso atingiu um ponto crítico em 1971, sob o comando do coronel Piet Badenhorst. Nesse décimo aniversário da última campanha política do CNA, muitos prisioneiros da Seção B, excluindo Mandela, sofreram agressões terríveis em suas celas. Ele liderou uma delegação para protestar junto às autoridades carcerárias e, a partir daí, as condições melhoraram gradualmente.

Desnecessário dizer que poucos acontecimentos "públicos" marcaram os anos de Mandela na Ilha Robben, embora

6. Fotografia do *Daily Telegraph*, de uma rara série oficial, mostrando Mandela e Walter Sisulu na Seção B, Ilha Robben, em novembro de 1964. A imagem transmite em certa medida o laço de confiança e diálogo mútuo que uniu os dois grandes amigos durante os anos de prisão, embora provavelmente seja uma foto posada.

a África do Sul, no continente, passasse nos anos 70 e 80 por protestos de massa tumultuados, com intervenção policial brutal e repressão militar, e por fim com uma profunda mudança política. Em 1964, houve duas visitas de jornalistas aos prisioneiros. Na segunda delas, foram tiradas as famosas fotos oficiais de Nelson e seus colegas de prisão, onde ele aparece falando com Walter Sisulu e costurando uma malha, em vez de quebrar pedras, que era sua atividade usual (Figura 6). Em outros anos, haveria visitas da Cruz Vermelha, rápidas passagens de políticos britânicos como Denis Healey e oito visitas de Helen Suzman, a indômita parlamentar do Partido Progressista, além das de políticos do governo. A cada vez, Mandela aproveitava a oportunidade para registrar suas queixas contra o uniforme humilhante, a má alimentação e as agressões dos guardas, às vezes obtendo resultados. Em 1967, ele lutou mais uma vez e conseguiu novamente manter seu nome na listagem da Sociedade de Advogados do Transvaal.

Jornais e revistas – surrupiados, contrabandeados, obtidos como materiais de estudo – representavam uma linha de comunicação vital, embora os presos não pudessem contar com ela até os anos 80. Havia contatos intermitentes e inevitavelmente unilaterais com o CNA lá fora, por intermédio de presos então libertados, e trocas ocasionais de mensagens em código, por exemplo com Oliver Tambo. Embora Mandela fosse então amplamente considerado como o líder *de facto* do CNA, o presidente interino Tambo teve a confirmação oficial no cargo em 1977. Mandela, que era um homem de partido até a medula, nunca deixou de apoiar o modesto e discreto amigo como seu dirigente. Nesse meio tempo, Joe Slovo, do PCSA, fora nomeado comandante da MK (tendo o CNA admitido oficialmente todas as raças em sua conferência de 1969, em Morogoro). Houve dois ou três planos de tirar Mandela da ilha, mas nunca foram concretizados.

O começo dos anos 70 foi marcado por melhorias nas condições da prisão: água quente, permissão de jogar tênis, substituição do trabalho nas pedreiras pela coleta de algas nas costas rochosas da ilha. Em 1975, Mandela foi classificado como prisioneiro do grupo "A", o que o autorizava a três cartas e duas visitas sem contato físico por mês. Na época de seu sexagésimo aniversário, em 1978, provavelmente sem seu conhecimento, o CNA, junto com o Movimento Anti-Apartheid sediado em Londres, criou a campanha Libertem Mandela como a grande plataforma estratégica para mobilizar apoios num espectro político mais amplo. Era uma iniciativa que se afastava muito da tradição de adotar e defender apenas uma liderança coletiva. A decisão de 1978 se tornou o germe de uma campanha – "movimento" é o termo mais exato – mundial de extraordinário sucesso que promoveu e, em certa medida, poliu a fama do antigo radical como herói nacional redentor. Mais tarde, ele mesmo manipulou taticamente essa campanha em proveito do programa e do partido, mas também passou por cima dela retoricamente, como em seu apelo sistemático ao coletivo ("somos felizes"). A festa de seu 70º aniversário em 1988, um show de rock no estádio de Wembley, em Londres, foi transmitida para 200 milhões de espectadores de todo o mundo. É difícil imaginar o sucesso da imagem de Mandela pós-1990 como o salvador que sofreu por tanto tempo, quase como um Cristo, de uma África do Sul não racial sem a base de sustentação que essas campanhas através dos meios de comunicação de massa lhe forneceram durante as décadas de obscuridade política na Ilha Robben (Figura 20).

A atividade mais importante na prisão era o estudo: ela formou a pioneira "Universidade da Ilha Robben", na feliz expressão de Neville Alexander do Movimento da Unidade, e "um centro de saber", na de Mandela. A autodisciplina do estudo se adequava ao compromisso de autocontrole e bom comportamento que os presos procuravam respeitar tacitamente. De início, os períodos na pedreira eram usados para debates "socráticos" de perguntas e respostas: os que já tinham instrução universitária ensinavam os que estavam estudando para conseguir um diploma ou titulação. Depois, o ensino ficou mais organizado, com discussões em grupos maiores e, evidentemente, com estudo pessoal à noite, depois de voltarem ao confinamento das celas. Muitos residentes na ilha seguiam os cursos por correspondência oferecidos pela Universidade da África do Sul, a principal instituição de ensino à distância no país. Entre as seções da prisão, livros importantes, mas inacessíveis, circulavam em exemplares contrabandeados, em especial textos marxistas, copiados palavra por palavra durante a noite em folhas de papel almaço.

No final dos anos 70, os dias de Mandela estavam totalmente tomados por discussões de grupo (de presos com guardas, entre as organizações, de orientação jurídica), pelas atividades no jardim do complexo penitenciário e por um amplo leque de leituras. Agora ele era tratado pelo nome de clã ou título honorífico de Madiba. Naqueles anos, leu autores realistas, Tolstói, Steinbeck e Gordimer, muitas biografias políticas, entre elas as de Churchill e Kennedy, o Corão traduzido para o inglês, o historiador Eddie Roux, Samir Amin sobre o neocolonialismo e poetas ingleses do século XIX. Em suas prateleiras estavam títulos como *Elements of Price Theory* [*Elementos da teoria dos preços*]; *Short History of Africa* [*Breve história da África*], de Oliver e Fage; *A History of Europe* [*Uma história da Europa*], de Hal Fischer, e *The New English Bible.* Mesmo sentindo falta da poesia xhosa que o imbuíra, quando estudante, de um "senso de destino", ele se empenhou em ler a literatura africâner, na convicção de que lhe permitiria uma melhor compreensão da resistência do espírito patriótico desse povo. Apesar dessas oportunidades de leitura aparentemente liberais, entre 1977 e 1981 ele ficou proibido de estudar para seu bacharelado em direito – punição que lhe foi imposta quando descobriram a autobiografia que estava escrevendo em segredo.

Winnie Madikizela-Mandela

Durante todo o período de Mandela na prisão, Winnie Mandela foi uma grande fonte de consolo, reconforto e esperança – "um verdadeiro alicerce", dizia o marido. Apesar da censura na correspondência, ela conseguiu manter aberta uma linha de comunicação, tênue mas vital, com os desenvolvimentos políticos no país. Mas suas visitas, sem nenhum contato físico, foram sempre escassas e espaçadas. No final, esta seria a maior dor para Mandela em sua vida na prisão: a distância compulsória de sua adorada esposa e filhos, distância esta que criou o manto de controle e frieza que acabaria por envolver praticamente toda a sua personalidade pública. Em 1968, sua mãe morreu, não muito depois de sua primeira e única visita à ilha. Em 1969, houve outro golpe, a morte num acidente de carro de seu filho mais velho, Thembi, com o qual ele não tinha contato desde 1962. Em nenhum dos casos ele teve permissão de assistir aos funerais, e passou o luto basicamente em silêncio e solidão.

Quanto a Winnie, durante os anos de cárcere do marido ela atuou sob pressão constante, sofrendo vigilância policial quase ininterrupta, além de assédio e ordem de banimento. Perdeu o prestigioso emprego de assistente social pela ínfima razão de não ter informado à polícia da Cidade do Cabo sobre sua primeira viagem à ilha. Outro tipo de pressão provinha das exigências da luta nacionalista africana. Apesar de relativamente jovem e inexperiente, Winnie ficou na posição de ter de "representar", como disse ela, o alto-comando do CNA que estava na prisão ou no exílio (embora nunca tenha sido admitida em seus núcleos internos em cargo algum). Mas sua vigorosa capacidade de expressão e o caráter indômito a ajudaram a enfrentar a situação. Especialmente nos anos que passou banida na pequena cidade de Brandfort, um Estado Livre (1977-1984), Winnie foi porta-voz fundamental da causa contra o apartheid e ativista política importante, por mérito próprio.

Para falar de Winnie Madikizela-Mandela com a vantagem de uma visão retrospectiva, é necessário mencionar também seu lado menos construtivo e mais sombrio. É importante abordar o problema de forma direta, pois tem sido muitas vezes escamoteado deliberadamente, inclusive pelo próprio Mandela. Para alguém tão autodisciplinado e aparentemente incorruptível, o fato de fechar os olhos em relação a Winnie gerou um ponto cego moral em sua vida particular. Na Ilha Robben e depois, ele sempre procurou mantê-la em alta estima como esposa e camarada, apesar das dolorosas provas em contrário. Como escreveu numa carta em 1970, Mandela acreditava que o tratamento que Winnie sofrera nas mãos da polícia fora mais cruel do que o imposto a ele. Essa observação, mesmo que não possa servir de justificativa para a conduta de Winnie, ainda assim tem certa força explicativa.

Comparando o início de sua carreira como "mãe" da luta e os desdobramentos posteriores, fica evidente que o tratamento sistematicamente desumano que a polícia sul-africana lhe infligiu, incluindo longos interrogatórios e separações brutais dos filhos, trouxe-lhe graves danos psicológicos – e éticos. O período de reclusão que ela passou entre maio de 1969 e setembro de 1970, sob a Lei Antiterrorismo, foi especialmente difícil, causando profunda preocupação a Mandela. Ela sempre expôs sua "brutalização" (termo seu) numa retórica ferozmente nacionalista africana e antibôer, mas havia aí um fundo de verdade. Muitas de suas ações sinistras, inclusive as represálias homofóbicas contra jovens "informantes", eram motivadas por um nacionalismo paranoico, em que Winnie tomava como alvos as pessoas – especialmente brancos e indianos, mas também africanos – que ela julgasse terem se conduzido de maneiras não africanas, incluído aí o chamado "efeminamento".

Dos anos 80 em diante, Winnie Mandela passou a se envolver em formas de violência organizada, cuja ilegalidade foi difícil de estabelecer no início, pois a polícia local, sob o apartheid, não era confiável. O "Clube de Futebol" dos guarda-costas de Winnie esteve envolvido em tumultos brutais, por fim chegando a um caso complicado de sequestro e assassinato do garoto "Stompie" Seipei, cuja responsabilidade foi atribuída à poderosa mentora do Clube. Como escreveu mais tarde o romancista Njabulo Ndebele, Winnie, ébria de poder, a essas alturas agia como se fosse "a dona" da luta. Quando ficou incumbida do bem-estar social no CNA, no começo dos anos 90, e depois, em 1995-1996, como vice-ministra das Artes, Cultura, Ciência e Tecnologia, ela foi várias vezes acusada de corrupção e se esquivou sistematicamente de admitir sua responsabilidade. O julgamento no começo de 1991 confirmou sua condenação pelo sequestro no episódio do Clube de Futebol, mas a Comissão da Verdade e Reconciliação concluiu que seu papel na agressão e homicídio foi de cúmplice, mais do que fora admitido no próprio julgamento de 1991.

Movido pela lealdade, por profunda estima, por sentimento de culpa e, em certa medida, por um senso de responsabilidade patriarcal, Mandela continuou a proclamar obstinadamente a inocência da esposa, muito tempo depois de ter perdido irreversivelmente sua credibilidade. Mas mesmo ele acabou se persuadindo e admitiu que ela causara danos à boa reputação da família. Em 1992, ele anunciou pesarosamente que estava se separando de Winnie e comentou o sentimento de extremo isolamento. O divórcio foi concluído em 1996.

Rumo ao fim do apartheid

Dois anos depois que Mandela foi preso, o africâner B. J. Vorster, antigo simpatizante fascista, substituiu o primeiro ministro H. F. Verwoerd, que fora assassinado, sem nenhuma alteração significativa na política ou na ideologia do apartheid. A esperança que acabou surgindo para a oposição na clandestinidade proveio de uma fonte externa, a independência em 1974 das ex-colônias portuguesas de Angola e Moçambique, um claro sinal de que a grande onda da luta pela libertação africana finalmente avançava para o sul. Os prisioneiros da Ilha Robben avaliaram corretamente que esses estados vizinhos poderiam oferecer um trampolim essencial para incursões da MK, mas não levaram em conta a cínica habilidade política do governo sul-africano em negociar com eles, notadamente com Moçambique, em 1984. Também não previram com plena clareza até que ponto a guinada sul-africana rumo à independência e o concomitante desenvolvimento das ideias de uma autoconsciência negra iriam inspirar as massas sem direito de voto dentro do próprio país.

Em contraste com o período de desmoralização pós-1964, a virada da década presenciou o ressurgimento da organização política negra sob a forma do Movimento da Consciência Negra (MCN), liderado pelo carismático Steve Biko, e o crescimento de um vigoroso movimento sindical organizado nas áreas mais industrializadas do país. Inspirado pela ideia de que o *homem negro* devia falar por ele mesmo (o pronome masculino era incontestado), ao invés de falarem por ele, que derivava dos movimentos afro-americanos de autodeterminação e também das obras de Frantz Fanon, Biko formou em 1968 a Organização dos Estudantes Sul-Africanos, composta exclusivamente de negros, que foi o cerne da Consciência Negra. Com bases sólidas em Natal e no Cabo Oriental, o MCN estava especificamente empenhado em agitar o enorme pântano de degradação e apatia política a que fora reduzida a população negra da África do Sul. O movimento utilizava um amplo leque de táticas conhecidas, semelhantes às empregadas algumas décadas antes pelo CNA – reuniões, comícios, passeatas, julgamentos politizados, boicotes. Mas sua ênfase central sobre a exclusividade racial e a autodeterminação dos africanos negros afastava-se e contestava a plataforma multirracial do Congresso. Dependendo do ponto de vista do observador, o CNA parecia desconectado ou o MCN parecia "embrionário e clânico", na avaliação de Mandela, ao mesmo tempo de crítica e de defesa, num segundo ensaio de 1976 na prisão, "Para onde vai o Movimento da Consciência Negra?".

A contribuição significativa do MCN foi infundir um sentimento de orgulho naqueles que, vivendo sob o apartheid, sentiam-se indignos: aquela confiança em si que Mandela, por exemplo, nunca perdeu. Os destituídos de qualquer poder se inflamaram de raiva suficiente para desafiar os opressores armados apenas de pedras – como ficou claramente demonstrado em 16 de junho de 1976 e nas semanas seguintes, quando os alunos das escolas no Soweto e depois no Cabo protestaram contra o uso do africâner como língua obrigatória no ensino. Tal como em Sharpeville, a polícia disparou contra as multidões de manifestantes desarmados. No final do ano, mais de 650 pessoas tinham morrido e muitas mais ficaram feridas. Centenas saíram do país para receber treinamento guerrilheiro no exterior.

7. A revolta dos alunos do Soweto em 1976.

Apesar – ou, na verdade, talvez por causa – do fato de que o CNA não previra aquela ação, Mandela, em "Esmagaremos o apartheid", pronunciamento remetido secretamente da Ilha Robben, logo se identificou com a ação dos estudantes do Soweto. Foi uma manobra com sua habilidade costumeira, que contrabalançava o choque do alto-comando com a intensa militância anárquica dos manifestantes inspirados no MCN que acabaram chegando à ilha como presos políticos, detidos como revoltosos. Muitos deles tinham sido torturados antes do julgamento. Como se refletia em "Para onde vai o Movimento da Consciência Negra?", os líderes do CNA, a partir daí, tomaram medidas decididas para convencer militantes do MCN, como Lekota "Terror", quanto à prudência e à sabedoria de uma plataforma pregando a abertura racial, além das vantagens pragmáticas em unir forças com outros grupos de oposição, entre eles o PCSA.

Todas as linhas do espectro político, cada qual à sua maneira, ficaram profundamente abaladas com a notícia da morte de Steve Biko no cárcere, em setembro de 1977, e o banimento de dezoito membros e grupos da CN. Embora a tônica do MCN sobre a identidade racial tivesse se afigurado aos críticos, por algum tempo, como uma forma de cooperação com as formas segregacionistas do regime, agora estava claro que o nacionalismo do Movimento Consciência Negra fora declarado como ameaça ao apartheid, tanto quanto o comunismo ou a Carta da Liberdade. O CNA no exílio, com a liderança de Tambo, mudou sua ênfase militar, passando de incursões esporádicas para uma guerra popular baseada em operações planejadas localmente, embora mantivesse seu foco em atrair todos os aliados sob seu "guarda-chuva revolucionário". Também para Mandela, a violência continuava a ser apenas um instrumento entre outros para forçar o governo à negociação.

Pouco tempo depois que P. W. Botha, com suas posições de ameaça e desaprovação, veio a ocupar o cargo de primeiro ministro em 1978, o CNA explodiu bombas em três edifícios oficiais. O governo contra-atacou com incursões em Moçambique e participação militar em Angola contra as forças cubanas. Até 1990, sucedeu-se um ciclo de protestos de massa cada vez maiores e reações do regime, ditando a ordem do dia. Sentindo-se o governo feliz em utilizar sua velha cruzada anticomunista para defender o apartheid (e Mandela ainda tachado como "arquimarxista"), o subcontinente estava se convertendo rapidamente num dos grandes impasses da Guerra Fria.

As divisões da Guerra Fria chegaram a recair sobre os mais antigos prisioneiros da Ilha Robben. Em 1982, sem qualquer aviso, Mandela, Sisulu, Mhlaba e Mlangeni foram transferidos para a prisão de Pollsmoor, na Cidade do Cabo, penitenciária para presos comuns, separando-os de marxistas importantes da ilha como Mbeki e Kathrada (o qual, porém, iria se somar ao grupo alguns meses depois). Esse foi um desdobramento importante, prenunciando que talvez o governo tivesse outra visão de um futuro papel de Mandela, diferente do que sugeria a intransigência pública do regime. As condições dos prisioneiros no andar de cima de Pollsmoor eram visivelmente mais confortáveis do que antes (dispunham de televisão pela primeira vez); mesmo assim, Mandela sentia falta dos "esplendores naturais" da ilha e da animada companhia dos outros presos. Em compensação, ele utilizou as novas liberdades de sua posição dedicando-se a escrever cartas, a restaurar contatos adormecidos durante anos e a criar laços com jornalistas e, em especial, com o ministro do governo Kobie Coetsee. Também se reconfortou dando início a um novo jardim, como veremos.

Em 1983, Botha criou um "parlamento tricameral" segregado, incluindo indianos e mestiços junto com os brancos, mas excluindo os negros, que supostamente dispunham de representação nas chamadas nações negras independentes. Em resposta a isso, as forças oposicionistas no país formaram uma ampla coalizão de grupos ativistas, a Frente Democrática Unida. A FDU, embora possivelmente inspirada pelas tradições ativistas do CNA, era similar ao MCN por ter se constituído de maneira independente. Apesar das prisões e assassinatos, a FDU mostraria capacidade de adaptação e flexibilidade numa resistência crescente ao governo por vários anos, até ser proibida em fevereiro de 1988. Depois de seu surgimento, formou-se em 1987 o Congresso dos Sindicatos Sul-Africanos, de bom grau de organização, enquanto os líderes religiosos sob a égide do arcebispo Tutu condenavam o apartheid com veemência cada vez maior. Em fevereiro de 1989, num período de várias greves vitoriosas, o Movimento Democrático de Massas se ergueu em muitas frentes, no lugar da FDU, que fora banida.

Diante dessa situação explosiva, em que a resistência aumentava numa área sempre maior, inclusive internacionalmente, Mandela não podia senão se impacientar com o isolamento imposto pela prisão. Sentia profunda convicção de que poderia contribuir com sua experiência acumulada ao longo de décadas, para encontrar uma solução para a crise que se avolumava. Em janeiro de 1985, Tambo lançou uma convocatória para deixar o país "ingovernável", iniciativa que Mandela, Sisulu e os demais apoiaram, embora com reservas. No mesmo mês, Botha ofereceu liberdade a Mandela, desde que ele rejeitasse a violência. (O rival de Mandela aprovado pelo regime, o nacionalista zulu antissocialista, Chefe Mangosuthu Buthelezi, foi um dos que disseram que não seria prudente libertá-lo incondicionalmente.) Mandela redigiu uma resposta cuidadosa à proposta de Botha, que sua filha Zindzi leu num comício de massas no Soweto em 10 de fevereiro de 1985. Ele reiterou seu apoio à liderança no exílio, como que para afastar de antemão qualquer sugestão de que fosse capaz de agir de forma unilateral, e terminou declarando de maneira enfática que não negociaria sua liberdade em separado da de seu povo.

Enquanto isso, nas cidades, a violência crescia numa escalada em batalhas de rua, passeatas fúnebres militantes, protestos boicotando aluguéis e "colares" dentro da comunidade (o uso do "colar" consistia em colocar um pneu no pescoço dos supostos colaboracionistas e atear fogo). Uma densa nuvem de poeira e gás lacrimogêneo pairava constantemente nas ruas das cidades. Em 20 de julho de 1985, Botha decretou estado de emergência, e os bancos ocidentais finalmente ameaçaram parar de financiar o Estado sul-africano, o qual, porém, não mostrou nenhuma disposição de chegar a algum acordo. Em setembro, os EUA concordaram em dar início ao processo de impor sanções ao país.

O conceito de negociação

Foram claros os sinais de que o governo ao menos queria Mandela vivo e em boa saúde, na época de sua operação da próstata em dezembro de 1985, quando ele recebeu a visita do próprio ministro da Justiça, Kobie Coetsee, e teve permissão de passar a convalescença numa cela separada na prisão de Pollsmoor. Foi a essa altura que, tal como ocorrera ao sair da ilha, Mandela teve clara consciência de que era preciso agarrar aquela oportunidade histórica. Ele viu – ou pelo menos parece ter visto – que, se se apresentasse agora, poderia dar uma inflexão fundamental nos destinos de seu país. Era uma decisão complicada, um momento precário e delicado. Agir por conta própria seria contrariar a tradição do CNA de liderança coletiva e a posição atual do Congresso em relação à revolução e à guerra popular. Não agir significava deixar o país se afundar ainda mais na atual "noite escura da opressão", dividido em campos separados, sem nenhuma perspectiva de vitória militar de nenhum dos lados. Ele pediu a seus colegas de Pollsmoor que não protestassem naquela situação de dividir para reinar a que agora estavam submetidos. Pela primeira vez em sua carreira no CNA, Mandela decidiu avançar sozinho: como sabe qualquer pastorzinho, "há momentos em que o líder precisa ir à frente do rebanho".

Sua resolução naquele momento crucial, apresentando-se como único líder temporário (embora contatando Tambo para receber sua aprovação), iria se demonstrar decisiva não só para o CNA, mas também para sua reputação, coisa que não lhe passava despercebida. Para o Grupo de Pessoas Eminentes do Commonwealth, formado para traçar um caminho para a paz por meio do diálogo, ele parecia emanar autoridade. Mas estava numa situação bastante precária e até arriscada. Estava colocando seu bom nome político na nova iniciativa, e isso significava envolver-se em conversas intercaladas com outras conversas em capitais distantes, das quais não tinha uma noção muito clara. Correriam boatos, aparentemente fundamentados, de que ele estava se vendendo, entrando em conluio com o inimigo contra seu próprio povo. Mas, ao fim e ao cabo, sua certeza sobre o que era politicamente necessário e sua fé na própria capacidade de "controlar" ou criar o destino de seu país foram mais fortes do que as dúvidas pessoais e dos companheiros. Depois de anos de espera forçada, Mandela se permitiu aparecer como o líder redentor da África do Sul, e nessa posição apresentou-se como um dos principais agentes da história do anti-imperialismo do século XX.

"É um desjejum pelo qual estou disposto a morrer."

James Gregory, citando a frase de Mandela quando se sentou para um desjejum de muito colesterol, durante a convalescença, em *Goodbye Bafana* [***Mandela: meu prisioneiro, meu amigo***] **(1995)**

Fazendo um trocadilho com seu discurso no banco dos réus em 1985, Mandela usa o humor como emoliente universal, mesmo com seus carcereiros

Embora a iniciativa do Grupo de Pessoas Eminentes do Commonwealth tenha sido decididamente invalidada, em meados de 1986, pelos ataques militares da África do Sul em estados vizinhos com bases do CNA, mesmo assim o grupo ajudou a plantar uma semente importante com Mandela. Ele lhe deu o nome de "conceito de negociação", a ideia de impor o princípio por meio do diálogo; o cuidadoso equilíbrio entre iniciativas e concessões a fim de pavimentar um caminho para a ordem democrática. Mesmo quando foi novamente decretado o estado de emergência no país e parecia iminente uma guerra civil em ampla escala, Mandela, durante uma audiência com Coetsee, pediu para ver o presidente Botha e o ministro das Relações Exteriores Pik Botha. A essa audiência seguiu-se uma segunda visita de Coetsee em 1987, num cenário onde os líderes do CNA no exterior também começavam a estabelecer contato com empresários, políticos e ativistas africâneres.

Pretória então montou uma equipe de quatro pessoas, entre elas Coetsee e Niël Barnard, chefe do Serviço Secreto Nacional, para avançar com Mandela. Ele, por seu lado, continuava a manter três condições para prosseguir nas negociações: a recusa em depor armas enquanto o CNA não obtivesse poder político; aceitação do PCSA como constante companheiro de percurso do CNA; aceitação do princípio do governo majoritário. Em 1988, as condições de saúde de Mandela, agora com início de tuberculose, novamente imprimiram um caráter de urgência ao diálogo ainda incipiente. No final do ano, para assegurar que ele continuasse isolado, o principal interlocutor do governo foi transferido para a casa de um guarda na prisão de Victor Verster, na cidadezinha vinícola de Paarl, para uso exclusivo seu.

Mandela viu que o governo nacionalista agora lhe reservava irrestritamente um papel fundamental no "debate para uma nova África do Sul", como disse ele. Mandela também tinha clara consciência de que a solidez de posições e a prudência tática continuariam a ser suas melhores armas, de um lado contra as tentativas do governo em isolá-lo e, de outro lado, contra as desconfianças do CNA (sobretudo quanto ao reconhecimento de fraqueza, implícito numa negociação). Sempre defensor público da democracia liberal, Mandela estava forçosamente recuando para um estilo de tomada de decisões mais tradicional e patrimonial, que lembrava as deliberações que presenciara quando jovem. Descobriu que era versado nos talentos exigidos pelos processos de negociação conduzidos por um líder: a paciente reafirmação de objetivos contrários, sempre moldada pelo senso de obrigação mútua e dever em comum (no caso, o dever para com as gerações futuras). No fundo, a situação consistia em nomear o conflito de maneira formal e dogmática para agenciar pragmaticamente a paz. Embora persistissem desconfianças generalizadas, de modo geral considera-se que o estilo aristocrático e seguro de Mandela acalmou os ânimos dos dois lados da linha divisória do apartheid.

Em janeiro de 1989, o "Velho Crocodilo" P. W. Botha sofreu um derrame e, seis meses depois, Tambo sucumbiu ao mesmo problema. O lugar de Botha como presidente do Partido Nacional foi ocupado por F. W. de Klerk, um líder cauteloso que acreditava que o apartheid podia funcionar como maneira de garantir a autodeterminação das várias "nações" que formavam a África do Sul. Mas, ao contrário de P. W. Botha, ele era mais aberto a negociações pragmáticas, sobretudo em vista da dissolução do bloco soviético em 1989, à qual ele esteve muito atento. O encontro de cortesia entre Mandela e Botha, física e politicamente debilitado, finalmente ocorreu em 4 de julho de 1989 (seis semanas antes da renúncia final deste último), marcado por elaboradas mostras de respeito de ambos os lados. À morte de Botha, em outubro de 2006, Mandela reiterou o apreço pela polidez e sensatez de seu interlocutor, embora na época Botha tivesse se mostrado surdo à exigência básica de Mandela, a libertação dos presos de Rivonia. Em agosto de 1989, a Declaração Harare do CNA estabeleceu a libertação de todos os presos políticos, a retirada das tropas das cidades e o retorno da organização à legalidade como condições para a suspensão da luta armada.

No final daquele ano, Mandela iniciou a série de encontros com De Klerk, em que este, tal como seu predecessor, ficou impressionado com o estilo dele e seu profundo conhecimento da história da resistência africâner. A perspectiva de ser libertado se fazia mais próxima, embora a condição para que ele aceitasse fosse o fim da ilegalidade do CNA. Mesmo nessa fase, porém (e com razão, como se viu mais tarde), Mandela manifestou sua preocupação de que o governo continuasse com a opressão segregacionista por outros meios (através daquilo que, depois, veio a ser conhecido como uma Terceira Força, operando nas aldeias nativas e fomentando a violência de negros contra negros). A Inkatha, com o comando do chefe Buthelezi, estava operando cada vez mais como uma força paramilitar, com apoio interno do aparelho de Estado de Pretória. Mandela sempre desconfiou de que De Klerk fosse cúmplice nessas atividades, enquanto De Klerk, igualmente motivado pelo senso de sua importância como líder, ao mesmo tempo ficou mais reservado pela volatilidade das relações de Mandela com ele.

Nascimento de um ícone

Em 2 de fevereiro de 1990, De Klerk pronunciou um discurso importante em que inverteu, como que de uma vez só, toda a política segregacionista dos últimos trinta anos e concordou em libertar incondicionalmente o líder potencial do CNA. Mandela se conservou calmo neste momento tão importante, concentrando-se menos no quadro geral e mais nos pequenos detalhes de seu retorno à liberdade (devia sair da prisão ao lado de Winnie, devia fazer no mesmo dia um discurso simples sobre a política do CNA, sem floreios retóricos).

No domingo seguinte, 11 de fevereiro, um dia cálido, Mandela saiu de Victor Verster "de mãos dadas" com Winnie, como anunciava a famosa música de Hugh Masekela, usando um terno sóbrio como de hábito, o punho erguido na clássica saudação do CNA. Milhões de pessoas de todo o mundo, inspiradas pelas agudas polaridades da luta contra o apartheid, envolvidas no entusiasmo da campanha Libertem Mandela, curiosas para verem o preso político mais antigo do mundo, invisível por tanto tempo, aguardaram horas e horas para presenciar o nascimento desse novo ícone da resistência (Figura 8).

Apesar da decepção que muitos sentiram a seu discurso convencional na sede da prefeitura da Cidade do Cabo, manifestando sua determinação em avançar com a luta pela liberdade em todas as frentes, o líder recém-libertado logo passou a brilhar a uma luz mais suave e tranquilizadora. Em reunião após reunião, com as bases ou com as lideranças, sempre evitava a amargura, elogiava a integridade dos adversários, agia de forma deliberadamente discreta e modesta, falava sobre as conversas, cedia sempre à vontade "do povo". O catalisador do futuro democrático fora devolvido a seu "amado país", como dizia patrioticamente, e agora se preparava para torná-lo ainda mais digno de amor.

As principais posições ético-políticas de Mandela a partir dos anos 90 estão expostas nos capítulos finais do livro. Este capítulo se encerra com uma visão geral dos acontecimentos que marcaram sua ascensão à presidência, seus cinco anos de governo e os envolvimentos desde então.

Construindo a liberdade

Os meses que se seguiram à libertação de Mandela foram dedicados a atender uma agenda lotada de comícios com multidões de adoradores em todo o mundo, no Zimbábue e na Argélia, na Zâmbia e na Suécia, em Londres e nos Estados Unidos. Para Mandela, porém, a prioridade era agradecer aos vários apoios de longa data (entre eles Gaddafi e Castro) e pedir que continuassem a respaldar as sanções – até que o apartheid fosse totalmente desmantelado.

Outra prioridade era retomar o contato com os camaradas do CNA no exílio e tentar, embora com singular insucesso,

8. Capa da revista *Time*, marcando a semana da libertação de Mandela em fevereiro de 1990. O desenho do artista também mostra a que ponto o prisioneiro político mais famoso do mundo era também o mais invisível.

dissuadir as facções em Johannesburgo e Kwazulu-Natal, o bastião de Inkatha, de travarem guerras brutais entre si. Revelou-se que havia uma força oculta no setor de segurança sul-africana carreando fundos e armas para o Inkatha, a fim de enfraquecer o CNA. Furioso, Mandela pensou em retomar a luta armada, suspensa em agosto de 1990. Parecia-lhe sinistro que a violência tendesse a eclodir quando se aproximavam as negociações com o governo, como que para envenená-las (como em Sebokeng em março de 1990).

Em sua vida familiar, desenrolava-se outro tipo de guerra intestina, enquanto Winnie prosseguia com o estilo de vida extravagante a que se acostumara e era fria e indiferente na relação pessoal com o marido. De ambos os lados, estava claro que os longos anos de separação haviam corroído o casamento, bem como as relações de Mandela com as filhas, que sentiam que ele fora um pai para a nação em detrimento delas.

As reuniões entre o CNA e o governo de De Klerk começaram em maio de 1990, embora eivadas de desconfiança dos dois lados. O maior desafio que Mandela enfrentava não era apenas criar uma unidade dentro de sua organização. Num período de conflitos profundos e estando numa posição intrinsecamente frágil, a tarefa de Mandela era convencer seus camaradas, muitos mais radicais do que ele, a manter o curso da transição, por mais oneroso que fosse. Uma discussão especialmente difícil foi a estatização, que Mandela continuou a defender oficialmente até 1993, diante do evidente triunfo global de um neoliberalismo pós-Guerra Fria. Estava em aberto se a África do Sul, já debilitada pela economia centralizada e protecionista dos anos de apartheid, conseguiria equilibrar justiça social e geração de riqueza diante desse sistema globalizado. De Klerk e o governo estavam em vias de fechar acordos altamente custosos com o capitalismo internacional, em especial com o FMI, na forma do Programa de Reconstrução e Desenvolvimento da África do Sul, mais tarde denominado CER (Crescimento, Emprego e Redistribuição).

Diante da considerável hostilidade ao prestígio extrapartidário que adquirira, Mandela, em discussões acaloradas dentro do CNA, muitas vezes teve de recorrer tanto à autoridade moral que conquistara durante os anos de prisão quanto a seu status de nobreza. Uma consequência infeliz dessa dupla posição foi que a autoridade com base na experiência e o status mais tradicional se fundiram no espírito de seus companheiros, o que o deixou exposto a acusações de autoritarismo. Ele tinha de recorrer constantemente a recomendações de cautela; como dizia, o CNA devia contar entre seus sucessos não só a libertação anticolonial, mas também a estabilidade governamental pós-colonial; as próprias negociações constituíam "um palco de lutas". Mandela continuava a se inspirar nas advertências de Sisulu, na capacidade de reflexão de Tambo (que, no final de 1990, deixou a presidência do CNA) e no admirável talento diplomático de Slovo. Os assistentes frequentemente ficavam frustrados porque ele parecia gastar suas energias trocando amenidades com magnatas inescrupulosos e fãs aduladores. Mas estava claro que Mandela sempre esteve motivado pela confiança na força de sua própria posição ética. Estava convencido de que, mostrando invariavelmente abertura ao diálogo e boa vontade de princípio para com os semelhantes, outros seguiriam o exemplo.

Em setembro de 1991, depois que as revelações referentes à Terceira Força tinham desgastado significativamente a força de barganha de De Klerk e Buthelezi, chegou-se a um acordo de paz nacional. Em dezembro do mesmo ano, realizou-se a Convenção para uma África do Sul Democrática (COASDE 1), com o objetivo de trabalhar por um "consenso suficiente" para uma "nação unida". No entanto, a COASDE 1 e a 2 (esta realizada em maio de 1992) foram prejudicadas por várias interrupções, obstruções e impasses. Já no primeiro dia, surgiu um forte atrito entre De Klerk e Mandela, nenhum dos dois ainda enxergando que precisavam um do outro, e em junho de 1992 o massacre sangrento de Boipatong, fomentado pelas forças de segurança, durante algum tempo ameaçou detonar completamente qualquer negociação. Mais uma vez, Mandela empregou todas as suas capacidades de intermediação e "credenciais de sacrifício" para levar os companheiros a equilibrar e contrapor as vantagens da negociação ao forte impulso de remobilização militante. O secretário geral do CNA Cyril Ramaphosa, importante mediador dos debates, notou sua imperturbável "brutalidade" e seus "nervos de aço", embora desse vazão à sua raiva pelo telefone, com longas reprimendas a De Klerk. De Klerk, por seu lado, recuperou habilmente a legitimidade junto aos eleitores brancos, vencendo um plebiscito em março de 1992, em favor da mudança constitucional.

Em fevereiro de 1993, quase nove meses depois de Boipatong, as partes em negociação anunciaram um acordo em princípio para a formação de um Governo de Unidade Nacional (GUN), por cinco anos, embora só se tenha chegado a isso abrindo mão de várias reivindicações e privilégios em troca dos critérios para a composição da maioria e participação no poder. Mandela acreditava que a coalizão assim formada afastaria a ameaça ainda presente de uma guerra civil – que já havia corroído outras nações africanas de independência recente. Dois meses depois, Mandela foi novamente levado pelas circunstâncias a se apresentar como o único farol de firmeza e solidez política do país dilacerado pela guerra, quando Chris Hani, o carismático secretário do Partido Comunista, foi atingido pelos disparos de um assassino de direita. Duas semanas depois, Oliver Tambo morreu depois de uma carreira discreta, durante a qual manteve o CNA de pé durante os anos de exílio.

Mandela usou os créditos que obteve após a morte de Hani para forçar uma data para a eleição, embora persistisse a aguda desavença entre ele e De Klerk, e Buthelezi parecesse disposto a defender o separatismo. O líder zulu finalmente concordou em participar do processo democrático, apenas poucos dias antes das eleições de 27 de abril de 1994, ainda mais tardio do que o Partido Conservador africâner. Porém, em novembro de 1993, a transição para a democracia ficou assegurada com o acordo por uma constituição interina (redesenhando o mapa das províncias do país como concessão a federalistas como Buthelezi). Como que selando o processo, Mandela e De Klerk foram ambos agraciados com o Prêmio Nobel da Paz de 1993, embora continuassem com seus atritos em público, mesmo em Estocolmo. Mandela ficou contrariado em dividir a prestigiosa plataforma simbólica com um correlato africâner que não lhe parecia preferível a Botha, enquanto De Klerk se sentia desagradado com o fim do regime minoritário branco na África do Sul.

O período antecedendo as primeiras eleições democráticas, em 1994, foi tão ou mais sangrento do que qualquer outro momento dos quatro anos anteriores de preparação, mas o dia das eleições, aquecido pelo sol de outono, foi o mais pacífico que se poderia esperar. Por todo o país, as pessoas faziam filas, aguardando com paciência o momento de votar, a maioria delas pela primeira vez na vida, criando uma cena profundamente emocionante para os meios de comunicação mundial, que culminou na vitória do CNA. Parecia um milagre, um desfecho retumbante para uma longa jornada do povo e uma explosão espontânea de apoio à democracia, mas, para isso, dedicara-se uma quantidade imensa de energias morais de ambos os lados da linha divisória do apartheid.

> Um instante fugaz quando a história se tornou absolutamente importante, inescapável e irresistível. Nelson Mandela se tornou presidente, e a palavra "liberdade" assumiu um significado quase infantil, tão mágico era seu efeito.
>
> **Achmat Dangor, *Bitter Fruit* [Fruto amargo] (2003)**

Duas semanas depois, em 10 de maio, Mandela foi empossado em Pretória como o primeiro presidente democrático da África do Sul, tendo como vices Thabo Mbeki e De Klerk. As enormes multidões internacionais cantaram o hino nacional africâner, *Die Stem*, e o hino de liberdade do CNA, *Nkosi Sikelel' iAfrika*, que agora se fundiam numa ilustração irresistível da mútua transigência em que se baseava o novo GUN. "Que nunca, nunca, nunca mais", insistiu Mandela em seu discurso de posse, em palavras hoje frequentemente citadas como síntese de toda a sua grande proeza, "esta bela terra conheça de novo a opressão de um contra outro... Que reine a liberdade".

O extremo sul da África finalmente ingressara na era pós-colonial. Em versos que o poeta irlandês Seamus Heaney escreveu para seu *The Cure at Troy*, na época da libertação de Mandela, "esperança" e "história" pareciam rimar, pelo menos naquele momento.

O mandato de cinco anos de Mandela, que se iniciou, vale lembrar, quando já estava com 76 anos de idade, caracterizou-se por um estilo de liderança aberto e receptivo. O GUN se entregou à sua tarefa de governo de coalizão com certa bonomia descontraída. Mas De Klerk, em maio de 1996, retirou seu partido do governo, julgando que poderia ter um papel mais forte na oposição. No campo internacional, Mandela ofereceu a lição da experiência ajudando a intermediar a paz em países como Angola e Burundi, e contribuiu para assegurar a libertação num terceiro país neutro do alegado agente terrorista no atentado de Lockerbie. Segundo o que declarou, sua intenção era colocar os direitos humanos no centro da política externa. Empenhou-se em incentivar parcerias no hemisfério Sul e ligações transnacionais na costa do Oceano Índico, garantindo que a África do Sul deixasse sua marca no Movimento dos Países não Alinhados, do qual ela fora excluída anteriormente. Mas a autoridade moral de Mandela se revelou infrutífera para resistir ao regime despótico na Nigéria, com o general Sani Abacha, que em novembro de 1995 executou o escritor e agitador ogoni Ken Saro-Wiwa, apesar dos protestos internacionais. A Nigéria demonstrou as lamentáveis limitações de uma política movida pelos direitos humanos.

Dentro do país, Mandela se dedicou a algumas palpitantes demonstrações de conciliação e construção de pontes entre as comunidades: usando a camiseta de rúgbi nº 6, do capitão François Pienaar, na vitória da Copa do Mundo de Rúgbi de 1995 pelo Springboks, e tomando chá com Betsy Verwoerd, viúva de um dos arquitetos do apartheid (Figura 15). Em outubro de 1996, a nova constituição sul-africana, provavelmente uma das mais atentas aos direitos humanos em todo o mundo, foi apresentada ao Parlamento para homologação. Recomendou a seu próprio partido que mostrasse maior eficiência, mas seu governo tinha dificuldades em cumprir as promessas de novos empregos e moradias, em vista da menor confiança empresarial na África do Sul e do difícil clima econômico mundial. Mandela logo descobriu que conquistar a paz era uma tarefa tão complicada quanto travar a luta pela democracia.

Na vida pessoal, ele preenchia os dias, às vezes um tanto solitários depois da posse e, mais tarde, de seu divórcio, com encontros espetaculares com celebridades internacionais do mundo do entretenimento e da música pop. Embora esse mundo ficasse a anos-luz de distância da cela em Pollsmoor, onde outrora refletira sobre a forma que teria a nova África do Sul unificada, mesmo assim lhe permitia alimentar, numa dimensão global, as redes e as ligações entre as quais podia cultivar livremente seu senso de identidade e autoridade pessoal. Whitney Houston, Whoopi Goldberg, as Spice Girls, Naomi Campbell, a princesa Diana – todas elas eram objeto de gestos de extrema cortesia de Mandela em encontros divulgados pelos meios de comunicação de massa, que incluíam um enorme abrilhantamento mútuo de suas imagens, mas provavelmente também representavam uma retomada do prazer de Mandela pelas encenações urbanas, e até como um carnaval de rua, algo que já era evidente em seus primeiros anos em Johannesburgo (Figura 9). Aos poucos ele se aproximou de Graça Machel, a viúva do primeiro líder pós-colonial de Moçambique, Samora Machel, ela própria uma combatente da liberdade, que lhe deu apoio na discreta superação de seu sofrimento pessoal após o divórcio e no trabalho de alta visibilidade, muitas vezes desgastante, da política de governo.

A realização mais notável de Mandela foi, muito apropriadamente, na área de conciliação ética: a necessidade de enfrentar os erros do passado para viver com mais harmonia no futuro. Seu governo presidiu, em 1996, o lançamento da Comissão de Verdade e Reconciliação, encabeçada pelo arcebispo Desmond Tutu. Seguindo os moldes da Comisión de Chile, de 1990, a CVR constituiu essencialmente uma espécie de confessionalismo

9. O Presidente do Mundo e a Princesa do Povo: um momento de surpreendente simplicidade à porta da residência presidencial de Mandela, em Tuynhuis, em 1997, reúne duas das figuras públicas mais celebradas do século XX.

ou tratamento terapêutico da nação por meio da fala, com os depoimentos em público sob a égide cristã. Os perpetradores dos crimes de opressão e tortura durante o apartheid recebiam uma anistia de tipo judicial em troca de uma confissão completa, desde que conseguissem demonstrar que suas ações decorriam de motivações políticas. As vítimas foram incentivadas a se apresentar e apontar seus torturadores, esperando-se que, assim, conseguissem se libertar moral e psicologicamente da experiência de violação, mas, significativamente, com poucas perspectivas de indenização monetária ou judicial.

Durante todas as suas atividades, até a divulgação dos resultados em 1998, a CVR foi controversa, com tentativas ocasionais do CNA de impedir, contra os conselhos de Mandela, a divulgação dos cinco volumes do relatório final, pois detalhavam abusos de autoridade cometidos em seus campos de treinamento. O aspecto talvez mais importante da Comissão foi ter encenado um revelador drama humano, que proporcionou um momento histórico de reconhecimento para as inúmeras vítimas comuns do apartheid. Embora seus críticos tenham ficado chocados com a impunidade que a Comissão concedia aos perpetradores, ela propiciou, com a ampla cobertura nos meios de comunicação de massa, um processo de catarse ao encarar os males do passado. Ao final, dos mais de 7 mil pedidos de anistia encaminhados à Comissão, apenas 1.146 foram atendidos.

Em 1997, depois de um estrondoso discurso criticando a complacência e o carreirismo do CNA, Mandela deixou a presidência do partido. Na eleição geral de junho de 1999, que reconduziu o partido ao poder, ele o transmitiu formalmente a Thabo Mbeki, como havia prometido muito tempo antes. Seu mandato não cumpriu tudo o que se dispusera a fazer, em parte por causa das tentativas sul-africanas de obedecer às exigências neoliberais do mercado global, mas pôs em andamento várias reformas referentes à eletrificação das cidades, ao ensino universal e à saúde. Em cidades como Johannesburgo, a atividade empresarial negra ganhou força irreprimível, bem como uma grande onda de criminalidade, que pôde grassar devido à corrupção e à baixa remuneração das forças policiais.

Apesar da adulação praticamente unânime em torno de si, Mandela decidira não continuar no cargo e não encarnar aquele temido clichê, o presidente africano vitalício. Agora concentrara seus interesses em construir uma casa nova em Qunu, a aldeia de sua infância. A casa, naturalmente, tinha um jardim, redesenhado como parte de um projeto televisionado de uma equipe de jardinagem associada à BBC. No aniversário de oitenta anos, ele se casou com Graça Machel e, juntos, investiram tempo e energia em várias entidades beneficentes dedicadas à infância, mais notadamente o Fundo para a Infância, do próprio Mandela. O entusiasmo e o otimismo das crianças faziam coro constante com o compromisso de Mandela em fomentar a interação humana livre e desimpedida e em criar oportunidades para a renovação nacional.

Nesse mesmo espírito, Mandela começou formalmente a lutar pela conscientização sobre o vírus da AIDS, no segundo semestre de 2001. Até então, a posição do CNA diante da epidemia no país se caracterizara pelas negativas e encobrimentos, reforçados pela reticência moralista e pela herança racista. De certo modo, Mandela adiou e esperou até sair de seu cargo público para assumir esse seu novo papel controvertido. Mas, tendo se identificado com a Campanha de Ação para o Tratamento, empenhou-se com afinco para persuadir o governo Mbeki a tornar disponíveis os medicamentos antirretrovirais para os portadores de HIV/AIDS, um dos quais era seu próprio filho, Makgatho, que morreu em 2005.

No espírito de reconciliação histórica, em 2002 Mandela concordou em acoplar seu nome ao do arqui-imperialista britânico, mas também um construtor da nação, Cecil John Rhodes, para criar a Fundação Mandela Rhodes de fomento à excelência acadêmica nas universidades sul-africanas. Continuava atento como sempre à necessidade nacional de símbolos unificadores. Suas atividades agora se distribuíam em três linhas principais, as "organizações do legado": a Fundação Nelson Mandela, o Fundo para a Infância Nelson Mandela e a Fundação Mandela Rhodes. Ele manteve sua vigorosa resistência à conduta arrogante dos Estados Unidos no palco internacional, criticando incisivamente, em 2003, a decisão americano-britânica de entrar em guerra contra o Iraque de Saddam Hussein. Em 2006, a Anistia Internacional, que antes se distanciara da militância de Mandela, concedeu-lhe o prêmio de Embaixador da Consciência, em reconhecimento de sua "defesa destemida da liberdade e justiça em todo o mundo", inclusive dos direitos dos portadores de HIV/AIDS.

Capítulo 4
Influências e interações

Em qualquer exame das inspirações históricas que criaram a figura extraordinária de Nelson Mandela, muitas vezes ele é apresentado numa *relação de parentesco* com outros líderes exemplares do anticolonialismo e do antirracismo no século XX, em particular M. K. Gandhi e Martin Luther King. Com a mesma frequência, ele também é apresentado como um produto exclusivo da história da África do Sul, formado pela alta posição social, pelas origens rurais, pela linhagem patrícia e pelo longo trabalho contra a opressão, elementos que se uniram para transformá-lo num combatente pela democracia. Nessa segunda interpretação, longe de vir na esteira de outros heróis da luta pela liberdade no mundo, Mandela aparece como o autor principal, se não exclusivo, de sua história pessoal de superação.

Quais podem ser os significados que constituem o Madiba do Milênio (para citar o título de um livro recente)? Este capítulo examinará a vida excepcional de Mandela como um ponto de encontro de várias influências culturais e políticas e de diversas tradições teóricas e práticas – influências que incluem, mas ultrapassam, as ideias patrimoniais sobre a obrigação derivadas do pátio de seu tutor ou seu senso de independência fomentado na escola e na universidade. Evidentemente, é possível ler sua história apenas sob uma rubrica heroica individualista, como vimos, como a narrativa de uma identidade constituída de maneira independente na busca de uma autorrealização, passando pela luta pela liberdade. Mas tal narrativa deixa escapar até que ponto a vida heroica exemplar, como outras vidas, adquire forma na relação com outras histórias contingentes, como um plano de contato entre múltiplos discursos e processos de autodefinição, às vezes conflitantes. Na verdade, em vista da configuração ideológica eclética e eminentemente coletiva do CNA, é improvável que um homem tão identificado com seu movimento, como era Mandela, pudesse ter ingressado no mundo como uma liderança que se constituiu sozinha e apenas de uma cor política exclusiva.

Começando pelo currículo literário e político ao qual ele ficou exposto como integrante de uma elite negra de classe média, as seções seguintes examinarão a posição de Mandela diante das tradições africanas transnacionais de formação política e sua vigorosa herança gandhiana. O capítulo se encerra com uma avaliação de sua suscetibilidade crescente aos argumentos em favor da resistência ativa ou armada, como foram expostos com grande eloquência, na África dos anos 50, pelo anticolonialista Frantz Fanon, nascido na Martinica e domiciliado na Argélia, bem como por elementos revolucionários dentro do PCSA.

O currículo da elite negra

Mandela e sua geração, incluindo Oliver Tambo e os jornalistas da revista *Drum* dos anos 50, eram fruto de um notável período de florescimento intelectual negro na África do Sul, saindo das escolas religiosas (St Peter's, Adam's College, Lovedale, Healdtown) e, depois de 1916, da faculdade que veio a se tornar a Universidade de Fort Hare. Como diria Mandela anos mais tarde, essas instituições religiosas foram (até a data em que o sistema de educação bantu veio a fechá-las) inteiramente responsáveis pela "educação dos negros", incutindo-lhes o ideário do dever social e a crença essencialmente moderna na autonomia individual. As ideias evangélicas cristãs da salvação pelas boas obras e pela renúncia lhes entravam no próprio "sangue", mescladas aos conceitos centrais de uma formação em artes liberais.

É incalculável a influência dos estudos literários e jurídicos que Mandela realizou em Healdtown e Fort Hare, num ambiente relativamente isento de preconceitos raciais explícitos. Certamente eles reforçaram as lições de responsabilidade moral e comunitária aprendidas no pátio de Jongintaba. Seguindo os moldes da escola pública britânica, embora com

> Da noite que me encobre,
> Negra como o abismo de ponta a outra,
> Agradeço aos deuses que existam
> Por minha alma indomável.
> Na firme garra das circunstâncias
> Não recuo nem estremeço.
> Sob os golpes do acaso
> Sangra-me a cabeça, mas não se curva.
> Além desse lugar de ira e lágrimas
> Avulta o horror da sombra,
> E mesmo assim a ameaça dos anos
> Encontra-me sempre intimorato.
> Por estreito que seja o portão
> E longa a lista de punições,
> Sou o senhor do meu destino:
> Sou o capitão da minha alma.
>
> **W. E. Henley, "Invictus" (1875)**

ênfase ainda maior na formação do caráter por meio do rigor físico, as faculdades missionárias pretendiam criar "ingleses negros", instilando nos estudantes os valores ditos ingleses da responsabilidade social e do *fair play*, bem como a intenção de promover a conduta ordeira e baseada em princípios na vida pública. Os mais altos ideais – necessariamente ingleses – e a melhor expressão do caráter – inglês – encontravam sua formulação máxima em Shakespeare. Shakespeare e Tennyson eram ensinados pelo diretor de Fort Hare, dr. Alexander Kerr, com tão notória vividez que as obras – sobretudo, certamente, as peças políticas arquetípicas como *Júlio César* – pareciam de grande realismo e atualidade para os estudantes.

Acima de tudo, esse ensino humanista liberal e cristão alimentava na elite africana a visão de uma mesma humanidade, transcendendo barreiras sociais, o que era ilustrado pelo significado que podiam encontrar não só na literatura inglesa, mas também nos relatos sobre personagens históricos dos anais imperiais britânicos, como Wellington ou Churchill. Como indicam as ideias de Mandela sobre a unidade nacional e as possibilidades de negociação a partir de 1990, o conceito de uma mesma humanidade ultrapassando divisões históricas lhe voltaria com grande força no isolamento da Ilha Robben, sustentando sua esperança de um futuro sem racismo. Como era de se prever, tal concepção era novamente reforçada pelo mesmo texto cultural que Shakespeare oferecia não só a Mandela, mas a muitos presos políticos educados em escolas missionárias. Usando as *Collected Works*, de Sonny Venkatrathnam, os presos se entretinham em ler e recitar suas passagens favoritas, reconhecendo mutuamente ter encontrado nessas peças exemplos de autoconsciência, conflito e vitória sobre a adversidade que os comoviam e com os quais podiam se identificar.

No entanto, um aspecto importante era que a emocionante expressão do drama da humanidade não se restringia, para o estudante Mandela, a Shakespeare e à retórica de Churchill. O jovem que ganhou o prêmio de melhor ensaio em xhosa em Healdtown, em 1938, sempre se manteve ligado aos ritmos tocantes e às visões confrangedoras de perda e regeneração cultural da tradição oral xhosa, mais notadamente a obra do poeta Mqhayi, nos moldes dos cânticos de louvor. Aqui Mandela encontrava confirmação de seu patriotismo ainda paroquiano pela terra natal tembu de língua xhosa – sentimento que, porém, ele conseguiu compatibilizar com seus conhecimentos da história e da cultura britânica, embora nem sempre sem conflitos.

Mais ou menos na mesma época em que Mandela chegou a Fort Hare, o principal escritor zulu, B. W. Vilakazi, falava de maneira inesquecível, em seu poema "Educação superior", sobre os conflitos entre os "livros do homem branco" e os cânticos negros que sentia dentro de si. Eram conflitos que só se resolveriam se os africanos fossem vistos como parte integrante da humanidade a mesmo título dos brancos, noção esta que Mandela não colocava em dúvida, mas que era diretamente refutada pelo apartheid. Apesar disso, a literatura, com suas sondagens das paixões e conflitos que moviam todas as sociedades, ao mesmo tempo oferecia vários caminhos para pensar e superar esses conflitos. Como Mandela parece ter descoberto ao ler a poesia africâner ou *Burger's Daughter* [*A filha de Burger*], de Nadine Gordimer, na prisão, ou quando encenava Sófocles com outros colegas presos, o ponto de convergência das diversas literaturas consistia em suas percepções da subjetividade humana. Ao contrário dos livros jurídicos ou dos estudos históricos, nos romances e peças era possível ver como a identidade pessoal se separava da agenda política.

Os representantes canônicos do pensamento fabiano e nacionalista e, depois, do pensamento marxista que Mandela estudou em Johannesburgo nos anos 40 não destruíram necessariamente os princípios de sua formação universitária, embora tenham realmente desgastado sua fé cristã, nunca muito robusta, em favor de um universalismo laico mais abrangente. Marx, Engels, Lênin, Mao – todos eles fundamentais no currículo ampliado da elite negra, tanto quanto o Shakespeare dos humanistas liberais – lhe forneceram uma teoria indispensável sobre a possibilidade de transformação revolucionária a partir das contradições antagônicas do sistema colonial e sobre o papel de vanguarda da burguesia nacional nessa luta.

A crença do Partido Comunista local na vitória do espírito humano sobre a opressão e a convicção de que era possível alcançar na África do Sul uma democracia do povo onde "todos vivem juntos em harmonia", porém, não negavam, mas ampliavam os valores que Mandela aprendera com o dr. Kerr, a poesia vitoriana e Shakespeare. Tal como a influência do pensamento de Gandhi, as várias tradições políticas e estruturas sociais a que estava exposto criaram nele uma sobreposição de valores que podia manobrar de acordo com o que exigisse a situação. Outro efeito dessa formação política heterogênea foi que algumas prioridades e ideais se entrelaçaram e se reforçaram, mais especialmente, no caso de Mandela, a concepção de uma sociedade laica, sem classes *e* isenta de racismo que o sustentou desde os anos 40.

Filiação à diáspora ou patrimônio africano

> [O] movimento de libertação na África do Sul acredita que golpes duros e rápidos devem ser desferidos com todo o peso das massas populares, únicas a nos fornecer garantia absoluta de que as chamas da liberdade agora ardendo no país jamais se extinguirão.
>
> **Nelson Mandela, "Uma terra governada pelo fuzil"** (1962)

O empenho de Mandela em ampliar a representação negra por meio da mobilização política de massas, começando numa época mais ou menos coincidente com o início do movimento pelos direitos civis nos Estados Unidos, levanta inevitavelmente a questão de sua filiação às tradições pan-africanas e afro-americanas do pensamento político. É possível situar Mandela numa rede de intelectuais africanos na diáspora, preocupados com ideias da autoformação negra e dos africanos como cidadãos do mundo moderno? Seu orientador em Fort Hare, Z. K. Matthews, que havia estudado nos Estados Unidos, reconhecia sua dívida para com as ideias reformistas do aprimoramento negro de Booker T. Washington. E, num vínculo mais tênue, Mandela valorizava muito o inspirador poema "Invictus", de W. E. Henley, que também era muito estimado por Marcus Garvey, o defensor jamaicano das ideias de uma "volta à África". Como Mandela, Garvey provavelmente conheceu o poema de 1875 numa cartilha colonial e o tomou como lema do processo de capacitação autônoma.

O pensamento afro-americano sobre a discriminação racial exerceu grande influência no grupo de educadores, advogados e jornalistas que fundaram o CNA em 1912. Intelectuais autodidatas, mas levados a respeitar tradições políticas e literárias importadas de outros lugares, eles encontraram especial incentivo e corroboração em textos afro-americanos: a convicção de Booker T. de que a educação promovia o avanço social negro; as reflexões de W. E. B. Du Bois sobre o problema da "linha de cor" do século XX.

Ao lado dos afro-americanos e de Shakespeare, os intelectuais e profissionais liberais negros da África do Sul, a partir dos anos 20, também passaram a incluir em suas listas de leituras as teorias nacionalistas pan-africanas, mais próximas deles, notadamente na África Ocidental. Essa gama de influências fica claramente visível nos discursos do teórico da LJCNA, Anton Lembede, que, décadas antes de Biko, invocava uma identidade negra orgânica continental e exortava os africanos a desenvolverem sua independência e autonomia, citando não só Shakespeare, mas também Garvey, Du Bois e heróis xhosa do passado. O mundo cosmopolita de Sophiatown, que via a África inteira como plateia de sua música e seu jornalismo, sem dúvida trazia a marca de todas essas influências, a literatura inglesa, o jazz americano e as ideias da unidade pan-africana.

10. Marrocos, 1962: Mandela em reunião com o Front de Libération Nationale da Argélia, ampliando suas ligações pan-africanas.

Contudo, muito embora Mandela tenha se familiarizado com os escritos sobre a libertação de líderes nacionalistas como Kwame Nkrumah, da Costa do Ouro (posterior Gana), e do importante pan-africanista George Padmore, ele, ao contrário de alguns de seus amigos e predecessores políticos, não se encaixa na linhagem africana transnacional sob vários aspectos evidentes. Até data relativamente tardia, ele se manteve como patriota xhosa e nacionalista africano, com um enfoque especificamente sul-africano. Seus discursos de 1962 e 1964 no tribunal deixam claro que ele se considerava devedor, em primeiro lugar, das tradições nativas, e não importadas, da luta de resistência, mesmo quando os modelos africanos retornavam à África através da diáspora. Ele dizia que as "guerras travadas por nossos ancestrais em defesa do território natal" lhe insuflavam a esperança "de servir a meu povo e dar minha humilde contribuição à sua luta pela liberdade".

Sem dúvida, essas lealdades exclusivistas eram parcialmente moldadas pelas restrições específicas do colonialismo interno, sob o qual operava um nacionalista negro de educação rural como Mandela, o que significava que seu acesso aos grandes canais do pensamento pan-africanista, embora não estivesse bloqueado, nem sempre era direto, com certeza não nos anos 40. Assim, era mais o urbano Sisulu do que Mandela que, nesse período inicial, fazia questão de acompanhar pelos jornais os desenvolvimentos nacionalistas africanos mais amplos (e foi o primeiro a se informar sobre a longa luta indiana pela liberdade). Essa relativa distância de uma filiação especificamente pan-nacionalista ajuda a explicar por que Mandela, ao contrário de outros africanistas iniciais no CNA, veio a se tornar cada vez mais aberto a um amplo leque heterogêneo de influências políticas, além do nacionalismo: ao pensamento socialista e comunista, bem como às teorias da resistência oriundas da Índia.

Este, para Mandela, era um dos inconvenientes do pensamento posterior da Consciência Negra, que considerava influenciado demais pelas ideias existenciais europeias e afro-americanas de autodeterminação negra, quando havia outros heróis da resistência que mereciam admiração e tinham lutado mais perto: o líder khoi-khoi Willem Uithaalder, Moshoeshoe, Cetshwayo. A saudação com o punho erguido, como ele fazia questão de lembrar, longe de ter nascido como símbolo do Poder Negro, fora usada pelo CNA em 1960. (Analogamente, ele tinha interesse pelo idioma africâner por ser uma língua autóctone, que se desenvolvera em solo sul-africano, com raízes negras.) Em 1990, em seu circuito triunfal pelos Estados Unidos, Mandela fez questão de se distanciar até mesmo do ideal de não violência de Martin Luther King, por ser algo insustentável para a África do Sul nos anos 60. Por outro lado, ele sempre reconheceu prontamente suas dívidas para com outro paladino da não violência, Gandhi, a cujas estratégias políticas King também recorrera nos anos 50. Sob esse aspecto, a luta de King correu em paralelo à de Mandela. Em seu ensaio sobre o MCN de 1976, Mandela elogia irrestritamente a "busca da unidade" de Gandhi como elemento adotado pelo CNA, e em sua biografia descreve a greve de fome na prisão como tática adaptada a partir de Gandhi.

A cooperação social, o governo por consenso, a unidade das comunidades, a dignidade cultural – todos esses valores centrais de Mandela como nacionalista, como afirmava constantemente, estavam arraigados nas tradições e práticas africanas locais e regionais, conservados nas homilias da narrativa oral. De fato, sua própria defesa da importância do autóctone e local é, em si, profundamente nacionalista. Ao mesmo tempo, é também tipicamente moderna e sintética, no sentido de que o valor do local e patrimonial só se evidencia plenamente àqueles que se separaram de seus costumes originários, pela adoção do individualismo ocidental ou pela vida relativamente alienada das cidades. Esse reconhecimento, porém, não afeta a coerência com que Mandela sempre defendeu o ideal tradicional – mas também a tradição reinventada – do *ubuntu*, a responsabilidade mútua e a camaradagem humana.

Capítulo 4

Guerreiros da liberdade: Gandhi, Nehru, Mandela

A resistência passiva é um método de assegurar os direitos pelo sofrimento pessoal; é o contrário da resistência armada. Quando me recuso a fazer algo que repugna à minha consciência, uso a força espiritual [*satyagraha*]. Por exemplo, o governo atual aprovou uma lei que se aplica a mim. Não gosto dela. Se, usando violência, eu forço o governo a revogar a lei, estou empregando o que pode ser chamado de força do corpo. Se não obedeço à lei e aceito a penalidade por essa transgressão, uso a força da alma. Isso envolve o sacrifício do eu.

M. K. Gandhi, "Resistência passiva", Hind Swaraj (1910)

Nas histórias das lutas de libertação do século XX, muitas vezes Gandhi e Mandela aparecem associados, como os dois lados da mesma moeda nacionalista anticolonial (mais do que com King, em qualquer dos casos). Os dois líderes, na interpretação mais corrente, alcançaram a independência para seus países usando meios em larga medida não violentos, embora se reconheça que Gandhi manteve sua posição de resistência passiva com uma inflexibilidade que Mandela não poderia – e nem tentou – igualar. Além disso, reforçando esse vínculo, considera-se que Mandela não só comungava a visão gandhiana de uma mesma humanidade transcendendo diferenças raciais, culturais e outras, mas, na verdade, extraíra estratégias de protesto não constitucional diretamente da herança do líder indiano, mas, naturalmente, forjadas em solo sul-africano. Hoje em dia, as palavras de homenagem dedicadas a Mandela, desde sua saída do poder, seja por adversários políticos como Tony Leon ou por defensores como Nadine Gordimer, incluem quase como praxe a comparação com Gandhi e referências a uma mesma religiosidade secular. Foi em reconhecimento a essa dívida amplamente reconhecida que, em 2000, Mandela recebeu o Prêmio Gandhi da Paz, da Índia.

O ar de semelhança que emana de Mandela em relação a seu companheiro anticolonial M. K. Gandhi é inegável, embora fique mais acentuado numa avaliação retrospectiva. Retornando ao começo dos anos 50, na atmosfera vibrante do mundo cosmopolita de Sophiatown, Mandela era conhecido não só por andar na moda e se vestir com elegância, como veremos, mas também como "adepto inabalável da filosofia não violenta de Mahatma Gandhi". Tal como Gandhi, Mandela, desde o início de carreira como advogado politizado, defendeu e se ergueu pela dignidade humana, assim expondo a hipocrisia da oposição, que nesse aspecto costumava se arrogar superioridade moral. Também como Gandhi, Mandela empregava estratégias não violentas para alcançar seus objetivos políticos, embora Gandhi procedesse com mais persistência, em condições menos repressivas. Em sua primeira casa em Orlando, Mandela tinha um retrato de Gandhi na parede, junto com as imagens dos líderes dos aliados, Stálin, Roosevelt e Churchill, bem como do ataque ao Palácio de Inverno. A partir de 1964, ele passou a ressaltar que a "escola de pensamento" liberacionista do CNA seguira os moldes da filosofia gandhiana da tolerância. Um paralelo histórico notável consolida o vínculo entre eles: os dois ficaram detidos na infame prisão do Fort em Johannesburgo (agora sede do Tribunal Constitucional): Gandhi em 1908, quando fazia campanha pelos direitos indianos; Mandela em 1956 e 1962.

Mas, observando mais de perto, a manifesta semelhança entre os dois líderes, embora fundada num amplo *compromisso com a ação não constitucional* em nome de uma justiça mais alta, é permeada por vários outros fatores. Não insignificante é o fato, em primeiro lugar, de que Gandhi (1869-1948) é precursor político de Mandela tanto cronologicamente quanto em termos de influência. Em segundo lugar, Mandela é apenas um dos herdeiros africanos de Gandhi, aliás tardio. Kenneth Kaunda e Kwame Nkrumah também invocavam o legado gandhiano da resistência passiva. Em terceiro lugar, e mais importante, está o fato de que a relação de influência entre Mandela e Gandhi tomou a forma, desde o começo, de uma difícil filiação mais do que um tributo direto. Para Mandela, sempre houve elementos complicadores nessa relação, devido a suas lealdades primeiro africanistas e depois socialistas, bem como por um engajamento posterior com a "propaganda armada": "chegou um momento em nossa luta quando a força bruta [do opressor] [...] não podia mais ser enfrentada apenas pela resistência passiva". Assim, quando Mandela, após 1990, discorreu comparativamente sobre a importância de Gandhi e fez referência às qualidades "religiosas" desse combatente pela liberdade, também o apresentou como cidadão da África do Sul *e* da Índia, invocando dessa maneira um duplo leque distinto de vínculos culturais e nacionalistas.

Em termos de caráter e abordagem, há vínculos de filiação ainda mais fortes, se possível, entre Mandela e Jawaharlal Nehru, o primeiro dos primeiros-ministros indianos, seguidor de Gandhi e em parte contemporâneo de Mandela, como confirma a leitura de *The Discovery of India* (1946) e, em especial, sua *Autobiografia* de 1936, ao lado de uma leitura dos escritos de Mandela. Quando procurava histórias inspiradoras de lutas pela libertação nos anos 40, Mandela recorreu não só a Gandhi, mas também a Nehru, encontrando nele um pragmatismo político e uma rigorosa disciplina pessoal que correspondiam a suas próprias características, além de uma ligação emocional com sua nação indiana que encontrava ressonâncias em Mandela. Em 1947, ano da independência da Índia, Nehru havia se tornado para Mandela o próprio símbolo do líder inspirador.

Mandela também comungava com Nehru a admiração pela racionalidade do socialismo e pela modernização do Estado, e também pode ter se identificado com seu senso de missão messiânica como líder, expresso na autobiografia, acompanhado por um forte sentimento de isolamento pessoal, "um sentimento de exílio". Além disso, a concordância de Nehru com o princípio da retaliação justificada e sua frustração diante do inabalável pacifismo de Gandhi repercutiam na adoção de Mandela, sempre por razões táticas e mantendo suas ressalvas, de uma posição de resistência passiva. Na Ilha Robben, ele sempre teve em mente as memórias do cárcere de Nehru – e de Gandhi – como exemplos para manter a força e a flexibilidade mental por meio da disciplina da leitura e da escrita. Sem dúvida, estava se baseando deliberadamente nesses pontos em comum com Nehru quando recorria à sua prosa para dali tirar elementos para seus próprios artigos e discursos iniciais. Ele extraiu dos epílogos de *Discovery* e *Autobiography*, de Nehru, bem como de sua coletânea de ensaios, *The Unity of India* (1942), algumas das principais imagens e frases de sua carreira: *Longo caminho para a liberdade*, *A luta é minha vida*.

No entanto, a filiação de Mandela a Nehru tem um elemento complicador, tal como em sua relação com Gandhi, devido a suas lealdades africanistas, o que foi decisivo na época da influência inicial, mas também posteriormente. As divergências entre os líderes indianos e Mandela são mais profundas do que sugeririam apenas as diferenças do contexto histórico e da índole nacional. Mesmo os que alegam uma linha de continuidade de Gandhi a Mandela admitem que, em seu período inicial de militância na LJCNA, seu nacionalismo adotou formas africanistas e basicamente exclusivistas. Era visível que, dentro da LJCNA, Mandela sempre esteve atrás do colega Sisulu em fazer causa comum com o Congresso Indiano Sul-Africano (CISA) e os líderes indianos locais, como Yusuf Dadoo. Para ele, apenas o CNA era a encarnação da vontade africana contra a opressão. Até o final dos anos 40, ele mostrou franca desconfiança de colaborar com "indianos" e brancos, por considerar que a formação de seus representantes lhes conferia uma vantagem sobre os líderes africanos "totalmente desproporcional a seus números". Era uma posição baseada em questões de raça e também de classe. Embora o CNA sempre tivesse adotado a linha de que a oposição ao racismo branco devia acarretar também a recusa do racismo negro, Mandela foi treinado para promover acima de tudo as reivindicações políticas africanas dos negros mais marginalizados. Para ele, além disso, muitos indianos sul-africanos tinham encontrado no comunismo uma crítica política anticolonial exequível, ao passo que ele, como nacionalista fervoroso, naquela época não se sentia convencido pelo comunismo. Ainda na década de 50, ele e outros nacionalistas africanos interrompiam reuniões de comunistas do CNA e do CISA – "rasgando cartazes e pegando o microfone" – por considerarem que o comunismo era não africano. Os trabalhadores africanos, para eles, eram oprimidos por questões de raça, não de classe.

Para entender o eixo comparativo que supostamente liga os dois líderes, Mandela e Gandhi, é importante perguntar o que veio a modificar sensivelmente, em poucos anos, a maneira de pensar de Mandela. Como ele se tornou, mesmo que por período limitado, um defensor da resistência passiva gandhiana? A primeira coisa a se reconhecer é que, após 1918, os movimentos nacionalistas em toda a África viam a não cooperação do líder indiano como *a* grande modalidade eficaz de anti-imperialismo, acima de todas as outras. Num contexto de apoio internacional crescente à autodeterminação colonial e de luta contra o nazismo, o movimento do Congresso de Gandhi era largamente tido como responsável por conseguir dobrar o Império britânico através da não violência. Num folheto fundamental de 1949, Kwame Nkrumah definiu o que chamava de Ação Positiva, voltada para o autogoverno, como "a adoção de todos os meios legítimos e constitucionais [...] [para] atacar as forças do imperialismo [...] como foram usados por Gandhi na Índia". Guiados por Nkrumah e pelo ativista caribenho George Padmore e reconhecendo os problemas colocados pela resistência militante, os líderes africanos no Quinto Congresso Pan-Africano, realizado em 1945 em Manchester, foram *unânimes* na firme adesão à não violência gandhiana.

No contexto sul-africano relativamente fechado, outro fato fundamental que levou à mudança de posição de Mandela foi que o CNA havia desenvolvido formas de interação com políticas gandhianas quase desde suas origens, cooperação esta que se explicava pelas atividades de Gandhi na África do Sul, como advogado militante, por quase 21 anos, de 1893 a 1914. Nas palavras retrospectivas de Mandela, "A luta indiana, em certo sentido, tem raízes na africana" – e isso apesar do incômodo manifestado por Gandhi e seus seguidores, ao ficarem junto com os "nativos" quando estavam na prisão. Como esclarecem *Hind Swaraj* (1910) e *Satyagraha in South Africa* (1928), foi na África do Sul que Gandhi desenvolveu sua doutrina da implacável resistência passiva à opressão imperial, baseada numa completa crítica espiritual da civilização ocidental: suas ideologias materialistas do progresso, o "predomínio do poder sobre o direito". Na prática, primeiro em Natal e depois no Transvaal (as províncias onde estavam concentrados os trabalhadores em regime de servidão), Gandhi organizou os indianos para protestar contra as restrições a seus direitos sobre a terra, de ter negócios próprios e de exercer cidadania, recorrendo a ações simbólicas de recusa (passeatas, queima de certificados) e transgressões da lei por convicção moral. Como observou Mandela em 2000, a *satyagraha* ou "força espiritual", forma de resistência não violenta à injustiça, indicava que era uma crítica "completa" de Gandhi não só às relações de poder, mas também ao capital industrial que alimentava o colonialismo, suas estruturas de exploração econômica e sua ética do interesse próprio.

Como demonstra a prática jornalística de seus fundadores, o CNA sempre teve clara consciência das importantes ações não violentas de seus análogos nacionalistas indianos. Mas é interessante notar que, na militância do CNA, o tom gandhiano encontrava expressão mais forte nas atividades da Liga das Mulheres, com o recurso a petições, passeatas, canções, sátiras públicas e silêncios de massa, ou seja, o recurso à *ação simbólica*, culminando na Marcha sobre Pretória de 1956. Nos anos 50, o engajamento de Mandela em estratégias de resistência passiva foi sistematicamente reforçado e amplificado pela Liga das Mulheres do CNA e pelos protestos da Federação das Mulheres Sul-Africanas. Já em 1913, africanas do Estado Livre de Orange haviam se manifestado, ao que parece espontaneamente, contra a ampliação e aplicação das leis do passe às mulheres, jogando fora os registros de passes nos postos policiais e se entregando à prisão.

Quanto à comparação específica entre Mandela e Gandhi, essa situação de ativismo paralelo envolvendo africanos e indianos tem importância central. Nos meados dos anos 40, quando Mandela, Sisulu e outros estavam ampliando o Congresso e o transformando num movimento de libertação nacional de amplas bases, os Congressos indianos em Natal e no Transvaal também estavam se organizando vigorosamente contra as leis repressoras aplicadas aos indianos. Dois colegas de Mandela no curso de direito, Ismail Meer e J. N. Singh, encabeçaram a campanha de resistência passiva de 1946 contra as "leis do gueto" de Smuts, que confinavam os indianos a determinadas áreas urbanas, assim reavivando estratégias gandhianas de anos anteriores. Mandela, que às vezes ficava no alojamento de Kathrada no centro da cidade, a casa Kholvad, participou ali de vivas discussões com vários membros da campanha, tanto gandhistas quanto comunistas e cristãos radicais. No entanto, com sua preocupação com a liberdade africana, naquela época, e ao contrário de Sisulu, ele *ainda* ficava na estrita posição de observador da política dos indianos. Para ele, a *satyagraha*, enquanto não fosse projetada numa plataforma multirracial, continuava a ser um meio de agitação exclusivo de uma minoria étnica.

O que mudou, resumidamente, foi a vitória do Partido Nacional africâner em 1948, com sua política explícita de transformar em lei a dominação branca e a segregação racial. Agora se desenvolvia uma relação proporcional no país entre a expressão dos protestos não brancos e o grau de repressão branca. Conforme aumentava a intensidade da resistência, aumentava também a exibição, nas palavras de Mandela, do "tremendo aparato de força e coerção" do Estado. Em 1949, os líderes indianos e africanos, entre eles Sisulu, haviam se unido no mesmo lamento após os tumultos em Durban, quando os africanos agrediram os indianos por considerá-los, dentro da hierarquia repressora do apartheid, como seus exploradores. Mandela se absteve de participar dessa ação conjunta, mas a frente ampla da manifestação teve sobre ele o mesmo efeito que sentira quando passou a colaborar com membros do PCSA na ilegalidade, ou seja, que podia ser benéfico manifestar solidariedade na prática. A implacável mobilização das leis

11. O restaurante Kapitan's, na Kort Street, no centro de Johannesburgo. Símbolo das crescentes afinidades interculturais de Mandela, o Kapitan's foi um de seus locais favoritos para o almoço, nos anos 50, e um de seus pratos preferidos era o camarão ao curry. O Kapitan's é um dos raros estabelecimentos da vida urbana do jovem Mandela que continuam a funcionar até hoje.

do apartheid obrigara os adversários do regime a reconhecer a força da cooperação mútua.

Em 1949, a LJCNA lançou um Programa de Ação que incluía o uso de "armas" inconfundivelmente gandhianas – boicotes, desobediência civil, passeatas pacíficas, não cooperação (estratégias que o próprio Gandhi havia "tomado de empréstimo" dos nacionalistas irlandeses e das sufragistas britânicas). Julgava-se que essas armas não se tornariam alvos imediatos de uma violenta repressão do regime, como aconteceria com métodos mais convencionais, porém não poderiam ser ignoradas como as petições do CNA no passado. Em 1950, o CNA cooperou diretamente com o CISA e o PCSA para organizar uma greve em 1º de Maio (que Mandela não apoiou) e, depois, um Dia Nacional de Protesto contra a Lei de Supressão do Comunismo (que ele apoiou). Sempre empenhado para que o CNA encabeçasse qualquer iniciativa, o Dia de Protesto em junho foi a primeira vez em que ele trabalhou junto com camaradas e futuros amigos indianos como Ahmned Kathrada, assim pavimentando o caminho para uma nova política de alianças. Mandela entendeu que o "modelo gandhiano" não requeria necessariamente um absoluto compromisso moral, mas, para um povo desarmado, servia principalmente como tática "a ser usada quando a situação exigisse", o que se deu com maior dinamismo em meados de 1952.

A Campanha de Desafio do CNA-OISA, de quatro meses e enorme sucesso, foi inicialmente proposta em termos formais por Sisulu em dezembro de 1951, na 35ª Conferência Anual do CNA, na presença de Manilal, filho de M. K. Gandhi, para "forçar o governo a revogar seis leis injustas". Com data simbolicamente marcada para coincidir com as comemorações do terceiro centenário da colonização branca, a primeira passeata de protesto saiu em 26 de junho de 1952, liderada pelo veterano gandhista Nana Sita, tendo como objetivo transgredir as restrições territoriais do Estado e as minuciosas regulamentações do apartheid. Os manifestantes entraram cantando em áreas residenciais racialmente segregadas, sem as permissões necessárias, e assim foram presos.

Na descrição publicada na *Drum*: "Por todas as partes, marchavam pacificamente e faziam o que a polícia mandava fazer, cantando hinos com os polegares erguidos. Sempre informavam a polícia de antemão para garantir que seriam presos".

Como coordenador nacional voluntário da Campanha, tendo Maulvi Cachalia como vice, Mandela percorreu o país, principalmente de trem, recrutando novos apoios e mobilizando apoios já estabelecidos. Foi a primeira vez em que se deu conta de sua capacidade de falar com as massas, de persuadir os manifestantes a manter a postura de não violência (o que foi fundamental para o êxito da Campanha). Ele veio a perceber, como Gandhi em suas várias viagens de trem pela Índia, que o alcance de uma liderança inspiradora pode ser medido pela quantidade e poder dos objetivos simbólicos que estabelece.

A Campanha do Desafio, em colaboração, continua como um dos grandes sucessos nos anais históricos do CNA. Houve a participação de mais de 8,5 mil desafiantes, com um total de 2.354 prisões. O Congresso se converteu num movimento de massas baseado na resistência passiva e adesão crescente. A cooperação entre os movimentos e os grupos nacionalistas, bem como a eloquência simbólica do protesto não violento – cantorias, caminhadas e danças – nunca mais teve uma demonstração tão persuasiva na África do Sul. A mobilização de massa permitira que o CNA mantivesse uma vantagem moral, e também instilou em seus integrantes um sentimento de camaradagem e de ação efetiva. Quanto a Mandela, devido a uma série de ordens de banimento na década seguinte, nunca mais seria, até sua libertação do cárcere quarenta anos depois, associado de modo tão público a uma linha ativista específica. A defesa do protesto pacífico se tornou fundamental para a política e a retórica do CNA a tal ponto que, em 1969, muito tempo depois de Sharpeville, o *Sechaba*, o periódico do Congresso, sentiu-se obrigado a citar uma obscura Declaração de Gandhi sobre a defesa dos direitos, de 1938, para justificar a passagem para a luta armada. Ali ele comentara que "a violência" era preferível à "castração de toda uma raça".

A narrativa da influência política ligando Gandhi a Mandela, acima esboçada, pode ser condensada em termos de empréstimo e vinculação, como se segue. Em primeiro lugar, quanto ao papel e estilo de liderança de Gandhi e Mandela, ambos, embora em diferentes momentos históricos, canalizaram vigorosamente em seus respectivos países a grande onda de atividades anti-imperialistas que, desde a Primeira Guerra Mundial, começara a transformar o mapa geopolítico. E assim fizeram sobretudo trabalhando para criar *movimentos populares de massas* em que utilizaram ecleticamente, ao mesmo tempo, não só os aspectos pacíficos das culturas autóctones (táticas de tortuosas discussões coletivas), mas também, e em igual medida, as tecnologias modernas dos meios de comunicação e o poder da imagem. Ambos sabiam explorar habilmente suas próprias auras míticas, na medida em que mesmo o espaço íntimo e particular de suas vidas era exposto ao público, a serviço do mito. Como Gandhi, Mandela gostava de usar a linguagem da roupa (e menos a linguagem corporal), como veremos adiante, para simbolizar sua política. Nesse aspecto, porém, não foi tanto com Gandhi que ele aprendeu, e sim, ao longo dos anos de prisão, veio a transformar o prazer que sentia na juventude pela elegância em se vestir numa sensibilidade quase intuitiva e como que pós-moderna à imagem da mídia. Certa vez, Fatima Meer comentou irreverente: “Gandhi abriu mão das roupas. Nelson *adora* suas roupas”.

Em segundo lugar, embora Gandhi e Mandela trabalhassem *contra* o império vitoriano (e depois eduardiano) e seus desdobramentos, os dois também eram, em certo sentido, fruto desse império. Formaram-se como ingleses negros dentro das instituições educacionais do império e atuaram como advogados dentro de seus sistemas legais. Em decorrência disso, ambos foram moldados pelas complexas conjunções dos caminhos sociais e peregrinações políticas geradas pelo império e sentiram o impacto, como disse Edward Said, da atividade cultural dinâmica desencadeada por tais conjunções. Apesar do explícito repúdio de Gandhi à civilização moderna, ele sentia, como Mandela, *respeito pelas tradições britânicas* da justiça e da democracia e apreço por certos aspectos da cultura europeia, sobretudo os grandes livros do Ocidente liberal. Gandhi, em seu discurso *Quit India* [Fora da Índia], citou Tennyson emocionadamente para persuadir os britânicos a saírem da Índia; Mandela recitava Henley como forma de motivação pessoal na prisão. Ambos esposavam as virtudes essencialmente vitorianas da autonomia e independência do indivíduo.

Além disso, como parte da *visão humanizante* de ambos, os dois tinham a habilidade (e Mandela ainda mais, depois de sair da prisão) de fazer uma síntese eclética de estratégias contraculturais e contra-hegemônicas com noções e conceitos dominantes, quando as situações assim exigiam. Como clara ilustração disso, Gandhi e Mandela, que se viram ambos lançados contra as forças do nacionalismo bôer, respectivamente em 1899-1900 e 1948-1990, viram na resistência resoluta e muitas vezes simbólica dos bôeres ao império lições importantes para suas próprias lutas políticas. Assim, por exemplo, desde que adotou a resistência armada, Mandela citava como autoridade as memórias de guerra do guerrilheiro bôer Denys Reitz, em *Commando* (1929).

Por fim, entre os pontos em comum mais notáveis entre Gandhi e Mandela está a disposição de criar laços de solidariedade com outros grupos nacionalistas, isto é, transferir suas relações políticas de um eixo hierárquico para um eixo horizontal ou *fraternal*. Gandhi adotou o boicote usado pelos nacionalistas irlandeses, enquanto Mandela e Sisulu, recorrendo às táticas do CISA de não cooperação, descobriram concretamente o grande impulso moral e estratégico gerado pelas alianças anticolonialistas. Como Mandela admitiria mais tarde na prisão, era importante que as formas exclusivistas de nacionalismo cedessem lugar ao reconhecimento da *irmandade das nações*. Ele e seus companheiros ativistas estavam, nesse aspecto, na vantajosa posição de contar com o ativismo gandhiano como um recurso local, uma prática viva e atuante na África do Sul. No exemplo talvez da mais íntima colaboração como "unha e carne" em toda a história anticolonial, eles desenvolveram a resistência passiva associados aos militantes que haviam trabalhado pessoalmente com Gandhi, e assim avançaram tática e simbolicamente contra a lógica segregacionista do Estado.

A principal divergência entre a política de Gandhi e a de Mandela reside, evidentemente, nas suas visões opostas da luta armada. Gandhi repudiava vivamente a violência, ao passo que Mandela, no decorrer dos anos 50, adquiriu a aguda consciência de que a resistência passiva gandhiana se tornara insustentável numa África do Sul cada vez mais autoritária. Fazia-se necessária uma nova linha ideológica e estratégica, sobretudo depois de Sharpeville. Como a vida de um africano fora das reservas tribais se tornara ilegal por definição, o recurso à violência passou a se patentear como um direito legítimo.

Mas, em última análise, o vínculo entre Gandhi e Mandela consiste não tanto no campo evidente da resistência passiva, e sim em suas reações às circunstâncias, que eram de oportunidade, táticas e sempre atentas à mídia, formadas por uma gama eclética de influências políticas e filosóficas. Não havia qualquer coerência sistemática em suas reações, a não ser a ênfase na *autocontenção*, essa qualidade sumamente vitoriana do autodomínio e da atuação dentro do campo da lei, que ambos derivaram da educação colonial britânica que tiveram.

A passagem para a luta armada

> Qual é a natureza real dessa violência? Vimos que é a intuição das massas colonizadas de que sua libertação deve e só pode ser alcançada pela força.
>
> **Frantz Fanon, "Sobre a violência", *Os condenados da terra* (1961)**

Nelson Mandela e o CNA adotaram a luta armada no começo dos anos 60 porque se evidenciou a impossibilidade de outros modos de resistência, aos quais, em princípio, continuaram fiéis.

O protesto pacífico se mostrara impotente contra uma autoridade rápida no gatilho e impermeável à opinião pública. Em junho de 1961, Mandela resumiu essa restrição das opções de resistência num provérbio tradicional: "Não há como evitar o ataque da fera com as mãos nuas".

Para conduzir sua organização a essa difícil decisão, Mandela leu muito sobre guerras e revoluções na bibliografia que estava a seu alcance, incluindo Mao Tsé-Tung, Louis Taruc e Clausewitz. Mas, nos vários relatos biográficos dessa época, em sua lista de leituras destaca-se uma ausência: o nome do martiniquense formado em Paris Frantz Fanon, certamente o teórico mais importante da violência anticolonial pós-1950, que já atraíra ampla atenção na África de língua francesa.

O CNA, durante algum tempo, considerou que a luta de libertação argelina contra o regime colonial branco no país guardava muitos paralelos com a da África do Sul. Em suas viagens pela África, Mandela entrou em contato com membros do Front de Libération Nationale, que lutara pela independência da Argélia, recentemente conquistada, e que tivera em Fanon seu porta-voz esquerdista radical. Em Oujda, no Marrocos, base militar argelina junto à fronteira, ele ouviu o líder guerrilheiro Ahmed Ben Bella, que logo se tornaria o primeiro presidente da Argélia independente, convocar as tropas e pregar que a luta contra o imperialismo se estendesse por toda a África. Nesse contexto, embora Mandela nunca cite o nome de Fanon, é difícil crer que ele não tenha sentido em alguma medida a força transformadora de suas ideias.

Muitas vezes sugere-se que a passagem de Mandela da resistência passiva para a resistência ativa foi uma mudança de uma posição gandhista para uma posição mais próxima de Fanon. A abordagem de Fanon para a derrubada do poder imperialista, baseada no tempo em que trabalhou como psiquiatra na Argélia revolucionária, era energicamente combativa: segundo ele, o colonizado devia resistir ao colonizador com violência, até a morte; devia concentrar toda a sua sensibilidade nessa rejeição. Já para Gandhi, repelir o colonizador usando a força era ceder a suas técnicas de opressão. Essas duas tradições contrárias da teoria da resistência, defendendo a não cooperação e a subversão armada, até hoje se bifurcam no pensamento pós-colonial. A questão a ser tratada nesta Introdução é se Mandela via uma distinção nítida entre essas duas tradições e, especificamente, se sua radicalização se deu por influência efetiva de Fanon. Não há dúvida de que, cerca de dez anos depois da passagem do CNA para a luta armada, o MCN de Steve Biko, com sua total rejeição dos valores brancos, mostrou uma clara dívida para com o manifesto ferozmente nacionalista e anticolonial de Fanon, *Os condenados da terra* (1961).

No começo de 1962, quando Mandela debateu as ideias dominantes sobre a resistência militar em toda a África, ele *já* estava convencido de que o único recurso restante para a maioria marginalizada da África do Sul era a retaliação violenta. O caminho até chegar a essa decisão fora árduo, e precisou de delicadas negociações com os líderes gandhistas e cristãos do CNA, mas, depois de Sharpeville e da repressão da greve nacional em maio de 1961, Mandela não via alternativa. Esgotara-se o arsenal de reações não cooperativas do CNA. Além disso, na esteira da formação do CPA, era importante oferecer uma liderança aos grupos mais militantes do CNA. Como ele escreveu, junto com outros membros, no manifesto da MK de 16 de dezembro de 1961, em tom admiravelmente contido: "Chega o momento na vida de uma nação quando restam apenas duas escolhas: submeter-se ou lutar. Este momento chegou agora na África do Sul". A resistência não violenta continuaria a ser defendida pelo CNA, mas agora complementada por um programa gradual de resistência armada, liderada por um grupo filiado ao corpo principal, mas separado dele. Pequenos grupos de sabotadores conseguiriam se mover contra o Estado com destreza maior do que uma multidão andando numa passeata pacífica.

Em seu primeiro discurso internacional, "Uma terra governada pelo fuzil", apresentado em janeiro de 1962 na conferência do MLPAAOC (mais tarde Organização da Unidade Africana, OUA, em Adis Abeba), Mandela procurou justificar a controversa guinada do CNA para a violência, com sua iniciativa de "afiar" suas armas políticas "menos eficazes" (ao mesmo tempo assegurando aos simpatizantes africanos que prosseguiriam com a desobediência civil). Como Fanon em seu discurso polêmico defendendo a violência anticolonial, apresentado na Conferência do Povo de Toda a África, em 1958, Mandela, admirador de *Júlio César*, faz uma exposição cuidadosa das fases de violência crescente que a maioria africana sofre. Como parte dessa exposição, ele sugere, tal como notoriamente sugeriu Fanon, que a "atmosfera de violência" generalizada do sistema colonizado é criação exclusiva do colonizador, e que nessas condições o colonizado não tem outra escolha, a não ser rejeitar absolutamente todo o sistema. Qualquer concessão ou tentativa de acordo simplesmente reforçará a opressão: "Apenas a violência compensa". O resumo da luta anti-imperialista da África do Sul, apresentado por Mandela, cresce gradualmente até um curto parágrafo, com a palavra de ordem de que *agora* é preciso desferir "golpes duros e rápidos". Estrategicamente montada como resposta a uma pergunta retórica *à la* Marco Antônio, referente ao papel que os movimentos de libertação devem assumir contra os "múltiplos massacres" do Estado – "Assim, há como duvidar do papel que os movimentos de libertação devem desempenhar em vista dessa hedionda conspiração?" –, a linguagem densa de Mandela, nesse ponto, lembra claramente a de Fanon. O discurso de Fanon na conferência de 1958, em réplica à influente posição de Kwame Nkrumah, defendendo que a Ação Positiva devia se deter antes da violência, fora inequívoco em seu ponto central: a violência do nativo era não só necessária, mas também transformadora. (O discurso, que citava Sharpeville como exemplo da matança colonialista, foi desenvolvido como o capítulo "Sobre a violência", que constitui o cerne de *Os condenados da terra*.)

Publicado em francês, idioma que Mandela não dominava, *Os condenados da terra* só saiu em tradução para o inglês em 1965, quando ele já estava na prisão. Mas, como sugerem esses paralelos, parece provável que ele tenha tido contato, mesmo que indireto, com as ideias de Fanon em mais de uma ocasião, em sua viagem pela África, mais provavelmente no Marrocos e também em Adis Abeba. Em "Uma terra governada pelo fuzil", ele se refere explicitamente à Conferência de 1958 e à conferência defensiva de Nkrumah sobre a Ação Positiva: com certeza sabia dos debates que haviam ocorrido nessas duas ocasiões. Nesse contexto, parece plausível que a MK, com Mandela à frente, tenha se estabelecido em 1961, ano de *Os condenados da terra*.

Ainda que Mandela, pessoalmente, continuasse a acreditar que a resistência ativa devia, na prática, ser calibrada pela resistência passiva, a essa altura do começo dos anos 60 ele certamente concordaria com Fanon, caso se encontrassem, que a brutalidade colonial esgotara as opções disponíveis para a não violência. Sharpeville também aparece em seu discurso como vívido exemplo dessa brutalidade. A violência retaliatória se tornara para Mandela o meio principal (para Fanon, o único) de anular a política maniqueísta do "nós *versus* eles" do Estado repressor. A escolha binária era "submeter-se ou lutar", mas submeter-se de fato significava anular os impulsos nacionalistas do indivíduo, o que era impensável. A alternativa era recorrer a uma contraviolência disciplinada e autodefinidora.

**

Numa visão cronológica da carreira de Mandela ao longo de cinco décadas, de 1950 a 2000, vemos que ele traça uma parábola ideológica partindo de sua fase gandhista inicial, passando para o apoio da resistência armada e então, por fim, voltando a ideias não violentas de negociações e concessões políticas. Como se vê, ele representa, num quadro pós-colonial, um interessante ponto de encontro entre duas abordagens aparentemente opostas da resistência: a defesa da violência catártica de Fanon e a promoção da não cooperação de Gandhi, as armas dos fracos. Na medida em que ele viveu duas fases políticas distintas, a era otimista da independência pós-colonial e o período mais pessimista, pós-Guerra Fria, de capitulação ao capitalismo global, Mandela conheceu essencialmente de primeira mão o diferente impacto dessas duas abordagens, e em algumas vezes contrapôs uma à outra. Ora falava da autoexpressão africana por meio da destruição do mundo do colonizador; ora apoiava a autorrealização nacional por meio da adoção e incorporação daquele mundo.

Do ponto de vista de 1961, a disposição de Mandela em adotar a luta armada se mostra, por definição, como nítida ruptura com seu pacifismo dos meados de carreira. Mas há outra maneira de interpretar sua mudança de posição. As posturas anticoloniais e antirracistas de Mandela durante sua longa trajetória representam pontos móveis de sua escala ideológica. Para avaliar plenamente esse aspecto, cabe lembrar que as duas modalidades de resistência, a ativa e a passiva, geralmente operam juntas como estratégias interdependentes e, portanto, a melhor maneira de avaliá-las é por meio da comparação, uma em relação com a outra. Como exemplo, Gandhi considerava a *satyagraha* ativa, e não passiva: ela era atuante, cheia de energia, incansável, passiva apenas no sentido de não envolver armas.

Quanto a Mandela, ele e os outros membros mais radicais do CNA sempre foram extremamente pragmáticos em relação às formas de militância. Em muitos aspectos, tinham mesmo de ser – a MK era uma força de guerrilha notoriamente ineficaz. Tinham clara consciência, mais do que Gandhi talvez admitisse, de que a não violência operava historicamente em alternância com explosões de violência ou o que chamavam de propaganda armada – a apresentação, pelo menos, de uma frente de resistência armada. Em vez de ser uma guinada decisiva afastando-se da resistência passiva, a passagem de Mandela para a luta armada trazia consigo um reconhecimento tácito de que a não cooperação não prosperaria como política se não viesse acompanhada de alguma forma de militância.

Durante toda a sua carreira, havia uma determinada lógica na posição de Mandela. Em sua defesa no Julgamento por Traição, ele deixou claro que as campanhas de desafio do CNA tinham o objetivo de persuadir o governo a aceitar "conversar".

Trinta anos depois, ele continuava a ver a resistência armada como meio de levar à mesa de negociações, enquanto, ao mesmo tempo, sua passagem para uma *ética dialógica* nunca incluiu uma renúncia completa à violência política. Na verdade, pode-se argumentar que uma razão fundamental pela qual a África do Sul, nos anos 80, não se tornou o "banho de sangue" que Mandela receava foi porque o CNA nunca deixou de jogar a ameaça de violência contra a não violência em sua oposição ao governo do apartheid. Sua luta era "multidirecionada", como explicou Mandela em Londres, já em 1962.

Mas esse rastreamento das influências gandhianas ou fanonianas, afro-americanas ou nkrumahnianas na filosofia política de Mandela não significa que seu pensamento fosse apenas um fruto tardio e posterior. A influência oriunda de outros contextos culturais e políticos muitas vezes produz intensas interações transnacionais, sem que se reduza a um discurso dito derivativo. Tal como em sua indumentária ou em sua adoção de um estilo africano de negociação, havia muitas coisas em Mandela que pareciam marcas de coisas vindas de outros lugares (seja a *ahimsa*/não violência ou o multiculturalismo), mas sempre carismaticamente combinadas com práticas mais locais. O que havia de especialmente inovador em sua abordagem, digamos, gandhiana ou nehruviana foi que ele era capaz de adaptá-la às condições sul-africanas da época. Além disso, naquilo que o influenciou, havia muitas coisas que Mandela não considerava compatíveis e não adotou para si, como o forte sentimento antibrancos que caracterizou o nacionalismo africano dos anos 60 ou, como veremos, a feminilização gandhiana da política de resistência.

Capítulo 5
O sofisticado de Sophiatown

Em "The Detribalised" [Os sem tribo], do poeta do Soweto Oswald Mtshali, o personagem do poema, o *tsotsi* desregrado ou o gângster, que "vem de Sophiatown/ Ou Alexandra", "conhece" Mandela e Sobukwe, que estão presos, mas pouco se importa. O poema faz parte de *Halala Madiba* (2006), uma antologia de poemas em louvor a Mandela, exceto esse. Mas a visível incongruência faz sentido. Ela ressalta uma parte central, embora às vezes esquecida, da formação sociopolítica de Mandela, o período em que chegou à maturidade nas áreas badaladas de Johannesburgo, a maior cidade da África do Sul, meca dos africanos mais dinâmicos: os distritos de Alexandra e Orlando, onde ele morava, e de Fordsburg e Sophiatown, onde tinha sua vida social.

O ambiente cultural misto de Kofifi ou Sophiatown nos anos 50, com suas ruas "fervilhantes, cacofônicas, pavoneantes", e o florescimento intelectual que ali se dava, foi provavelmente *tão importante* para a caracterização de Mandela quanto a *satyagraha* de Gandhi ou o nacionalismo militante da África do pós-guerra. Certamente foi lá, num ambiente que seguia ciosamente os moldes do Harlem da "Renascença" dos anos 20, onde o jazz de flauta e a gíria de cinema africanizada soavam a noite inteira nos bares, que Mandela conheceu a flexibilidade social e as colisões criativas – as *ligações discrepantes* – que faziam parte da modernidade colonial tardia da África. Foi ali que ele se tornou o mestre do que agora chamamos de exibição pós-moderna.

As ruas da cidade

> O espírito imortal da cidade mineira, nascido das grandes liberdades e dado a vistosas formas de expressão.
>
> **Herman Charles Bosman, "Johannesburg Riots" [Distúrbios de Johannesburgo] (1945)**

No cruzamento cosmopolita entre as influências transatlânticas e os valores liberais da escola missionária que era a Johannesburgo negra da metade do século, Mandela adquiriu a eloquência, a desenvoltura urbana e as roupas elegantes – em suma, o porte público – que permitiram àquele rapaz interiorano se recriar como um "cavalheiro africano", um cidadão urbano. O vibrante clima cultural de Sophiatown, em particular, se transmitia por toda a Johannesburgo, inclusive a populosa Orlando, no coração do atual Soweto. Aqui, em ruas densamente ocupadas por casinhas de tijolos, Mandela adotou o estilo "eduardiano" que o celebrizou nos anos 90 – as roupas bem passadas, as maneiras corretas, o modulado da voz em público –, fundindo esses elementos com o autocontrole de sua formação na escola. Nessas ruas ele desenvolveu a noção de sucesso positivo – que os africanos faziam parte do Estado moderno e do futuro – que o susteve durante seus anos de prisão.

Ali também ele conheceu não só as imagens irresistíveis da autoafirmação afro-americana no cinema e no jazz, mas também a atitude defensiva e abespinhada do machismo nacionalista africano em termos mais gerais. O garoto aristocrático da zona rural descobria a emoção inebriante de projetar uma imagem urbana moderna, que se baseava no sucesso da carreira profissional liberal e na ostentação externa de riqueza, ainda que relativamente modesta. Foi ali, por fim, no cadinho que era a área livre de Alexandra-Orlando-Sophiatown antes que as leis segregacionistas dos anos 50 adquirissem força total, antes que o apartheid se tornasse brutal e contundente, que adquiriu forma o *interculturalismo* ou *multirracialismo não combativo* do CNA. Embora esse contexto seja relativamente subestimado pelos biógrafos ansiosos em ressaltar suas origens patrícias e sua criação metodista como fatores cruciais para o perfil de Mandela, o "jogo" entre a atmosfera cultural vibrante da África em rápida urbanização e o advogado jovem e cortês solicita um exame mais detalhado. É decididamente sugestivo que, no começo dos anos 50, tenha sido Mandela, mais do que qualquer outro africano proeminente, a ser a figura promovida pela revista *Drum* e sua editoria branca como a própria encarnação da política do Congresso.

Ainda mais do que as áreas residenciais africanas de Alexandra ou Orlando, ou do subúrbio de indianos e mestiços de Fordsburg, a glamorosa Sophiatown dos anos 50, embora um tanto andrajosa, epicentro da África do Sul urbana, era um lugar que transbordava de inovações e interações originais, ressoando com um otimismo explosivo e repleta de energias criativas, principalmente na música e no jornalismo. Os entretenimentos favoritos eram jogos e lutas de rua, música ao vivo, salões de dança – que Mandela e muitos outros frequentavam – e, o mais glamoroso e descolado de todos, o boxe, seu esporte predileto. Essa cultura unificadora era possível graças à condição de Kofifi como "local negro": até a Lei de Zoneamento por Grupos e as remoções forçadas dos anos 50, era um distrito onde os africanos negros podiam ter imóveis e acesso a uma ampla variedade de canais culturais, tanto asiáticos quanto africanos da diáspora. Ali se localizavam os cortiços que Alan Paton condenou em seu clássico *Cry, the Beloved Country* (1949) como cloacas de prostituição e violência de gangues, a ruína do "verdadeiro" africano rural, mas o que ele deixou de ver naquela sociedade foi sua admirável abertura e criatividade. A vida urbana, como o próprio Mandela reconheceu, eliminava as arestas das diferenças tribais.

Nas festas de Sophiatown, era habitual que jornalistas brancos se misturassem com poetas negros e críticos de cinema indianos. Nas calçadas, filósofos cruzavam com empresários e batedores de carteira. Na música, os Jazz Maniacs e os African Ink Spots, bem como artistas individuais como Isaac Nkosi e Dolly Radebe, rendiam tributo a intérpretes e artistas afro-americanos: Count Basie, Duke Ellington, Louis Armstrong. A reduzida classe média negra vivia na íntima proximidade não só com o operariado de fábrica, mas também, mais invulgarmente, com uma subclasse criminosa, chamada de aristocracia africana, cuja ostentação consumista constituía um forte contraste com a miséria do distrito. Naquela época de restrições na

12. Mandela em uma de suas atividades favoritas, lutando boxe com Jerry Moloi em uma fotografia tirada para a revista *Drum*. O boxe deu a ele valiosas lições no jogo de agressão e defesa, que serviram para mantê-lo em uma boa posição enquanto negociador do CNA. A foto não foi tirada na academia em Orlando que ele frequentava, e sim no terraço dos escritórios do South Africa Associated Newspapers.

liberdade de locomoção, a maioria dos africanos urbanos vivia inevitavelmente no lado errado da lei: estando-lhes negados os recursos básicos, muitos acreditavam que o sucesso se media pela aparência ou pelo estilo ostentoso. Nesse ambiente, Mandela como advogado em início de carreira, uma encarnação das aspirações da comunidade, sentia o imperativo social de usar elegantes ternos completos de Markhams. Com seu carisma e intensa receptividade aos outros, ele adquiriu nítida consciência do anseio popular por representações simbólicas de seus líderes, dotadas de força aglutinadora.

Quase todas as reminiscências do período de Sophiatown atestam esse seu sincretismo cultural e seu ânimo extraordinário. "Sophiatown [tinha] toda a juventude exuberante da Londres de Shakespeare", escreveu Anthony Sampson, editor da *Drum*. "Por cima do nosso cadáver" foi o lema da campanha de 1954-1955 contra a desapropriação. A provocante mistura que era Kofifi e arredores foi fundamental para a forma de apresentação de Mandela (até 1948, um nacionalista exclusivista), isto é, para a personalidade política de múltiplas facetas que ele projetava *e também* para sua percepção do que era preciso para *ser* uma personalidade. Em Sophiatown e Fordsburg, ele entendeu a *mistura* cultural e a *encenação* dessa mistura. Viu como, durante uma noitada em Back of the Moon ou em 39 Steps, ou numa apresentação de jazz de Dollar Brand ou de Dudu Pukwana no café Uncle Joe, os muros do apartheid eram temporariamente transpostos e se aproveitavam as brechas. Os contatos por sobre a barreira de cor, fossem casuais ou profissionais, pessoais ou políticos, ganhavam alento tanto com a ousadia desses encontros quanto com o obstinado idealismo do pós-guerra, a convicção de que a harmonia social, mesmo na África do Sul, era possível: em suma, que os líderes africanos poderiam reformular o Estado colonial.

A formação de um homem moderno

Chegando a Johannesburgo, o rapaz que gostava de passar as calças do tutor sempre bem-vestido e que tanto apreciou o terno de riscas e lapela dupla que ganhara de presente, ficou impressionado com o glamour que se mostrava por todas as partes. Mas, como sugere a imagem do jovem aristocrata tembu com o ferro de passar na mão, embora aquele glamour talvez lhe parecesse a expressão da própria essência do mundo urbano, não era inteiramente novo. No Transkei, seu tutor utilizara os privilégios materiais que acompanhavam sua posição de chefia para adquirir os acessórios do africano moderno: não só roupas e carro, mas também casas em estilo ocidental e conselheiros com formação universitária.

Todavia, para o chefe cristianizado Jongintaba, tal como para seu parente Mandela, a modernidade, desde o início, devia se definir não apenas pela ostentação material, mas pela habilidade de utilizar diversos registros e papéis sociais perante diferentes públicos. Para ambos, a "tradição" nunca fora mera herança do passado, mas era entendida numa complexa relação de vinculação com o presente moderno. Para ambos, os diversos efeitos heterogêneos da modernidade ofereciam formas vigorosas de resistência às várias maneiras como o sistema do apartheid reprimia os africanos com sua retribalização, homogeneizando todos eles como "nativos" e "primitivos".

Alguns retratos biográficos de Mandela nos anos 40 e 50 sugerem que ele se manteve numa posição de observador diante do espetáculo fervilhante da cidade africana. No entanto, observando mais detidamente os locais que frequentava e a maneira como se vestia naqueles anos, fica evidente que não só se aprazia em contemplar a cena de maneira objetiva, mas também participava ativamente, com gosto e, porém, certo comedimento. Na verdade, havia quem considerasse que lhe faltava seriedade para ser político. Como abstêmio, Mandela não frequentava bares, mas era cliente assíduo de restaurantes do centro, como o Blue Lagoon e o Kapitan's da Kort Street, um restaurante indiano de propriedade de um natural das Ilhas Maurício, onde ele veio a ser um grande apreciador de camarão ao curry (Figura 11). Desses locais ele observava o desfile da moda africana entre os abastados: *tsotsis* usando chapéus Woodrow e calças Hagar, passando pelas ruas em carrões americanos, modelo rabo de peixe.

Uma imagem memorável de Mandela nessa época – "um homem alto, bem apessoado, com o cabelo repartido no meio [...] usando terno cinza escuro e com dentes alvos num grande sorriso de sucesso" (desenhada a bico de pena em *Mandela's Ego*, de Lewis Nkosi) – evoca corretamente um homem ciente de sua aparência, que seguia a moda (Figura 13). É notório que durante toda a carreira, mesmo durantes as visitas na prisão, Mandela fazia questão de se apresentar bem-arrumado. Gostava especialmente de ser admirado pelas mulheres. Quando foi preso em 1956, sua impressão mais forte foi a relativa falta de forma física dos colegas de prisão. Poucos tinham "a constituição simétrica de Shaka", observou ele. Sem dúvida, era um homem que gostava de sua estatura imponente (um metro e noventa de altura), ciente de que um terno sob medida ajudava a realçá-la. Ellen Kuzwayo, colega de campanha do CNA, sempre lembrava Nelson como o "glamoroso" na troica formada com Walter e Oliver.

> Lembro o glamoroso Nelson Mandela daqueles anos. A bela echarpe de seda branca que usava no pescoço se destaca até hoje em minha memória. Walter Max Sisulu, por outro lado, era um homem robusto e prosaico com roupas práticas – geralmente um casaco pesado e botas resistentes. Olhando o passado, o terceiro membro do trio, Oliver Tambo, funcionava como uma espécie de fiel da balança, com suas roupas discretas e conservadoras!
>
> **Ellen Kuzwayo, *Call Me Woman* (1985)**

Os anos de Mandela em Johannesburgo foram, desde o começo, extremamente atarefados, no início tomados pelo estudo e exercício do Direito, depois, cada vez mais, pelas atividades políticas, mesmo durante os períodos de banimento. A sala de espera nos escritórios de advocacia de Tambo e Mandela costumava viver lotada. Mesmo assim, desempenhando seus deveres de advogado, ele nunca esquecia a importância social e política, não só para o profissional liberal negro, mas também para o político negro, de encarnar a causa que defendia, de representar a modernidade e a confiança a que o povo aspirava, de expressar a possibilidade urbana em todas as suas múltiplas facetas. Embora o CNA não se interessasse muito por debates de política cultural e, com força simetricamente inversa, os escritores de Sophiatown desdenhassem a arte politizada, os comícios do CNA na Praça da Liberdade de Sophiatown acolhiam lado a lado o estilo e a política, o ativismo e a arte, de um modo atraente e provocador que certamente causava impressão em Nelson, com sua consciência quanto à importância da imagem.

É significativo que, sabidamente, Mandela mantivesse termos de familiaridade com muitos chefes de gangues de Johannesburgo, como Kortboy dos Americans. E como não manteria, se as reuniões do CNA eram realizadas em locais como o Hotel Moretsele, onde os Americans iam tomar o café da manhã? Ele conversava no dialeto local, uma mistura "estropiada" de africâner, zulu e "chicaguense" chamada *tsotsitaal* (sendo o inglês considerado pretensioso). As várias fotos de Mandela desse período – instantâneos e fotos de estúdio de Eli Weinberg e Peter Magubane – prestam eloquente testemunho dos diversos papéis que ele desempenhava e as diferentes indumentárias que usava para desempenhá-los. Além do advogado em pose formal no escritório, ao lado de um vaso de agapantos, as fotos mostram o noivo, o chefe tembu, o orador público, o ativista, o boxeador (Figura 13). Além da variedade e corte dos ternos, entre os detalhes marcantes estão as gravatas de diversas estampas (inclusive florais) que usava – décadas antes que virassem moda entre os jovens profissionais liberais.

Mas talvez a indicação mais expressiva do intenso envolvimento urbano de Mandela fosse sua paixão pelo boxe, que treinava 90 minutos por dia numa academia de Orlando (Figura 12). O boxe não era apenas o esporte número 1 da maioria dos negros, atraindo vastos e variados públicos; era também uma atividade que exigia excelente forma física, individualismo, estratégia e, acima de tudo, domínio de cena. Caía como luva a Mandela. Outra reminiscência daquela época, a reconstituição redentora de Njabulo Ndebele em *The Cry of Winnie Mandela*, recorda-nos que Nelson "costumava mandar chamar [Winnie] para assistir a seu desempenho na academia, nas reuniões ou nos comícios. Que encanto! [...] [Faziam] parte do brilho de Orlando, Sophiatown, Thulandiville, a rede inteira dos distritos mineiros".

> Ele era um pavão exibindo suas plumas para uma parceira em potencial. Tão bonito. E você, de uma beleza tão deslumbrante. O glamour da celebridade e o perigo da política se uniam numa elaborada exibição de energia social.
>
> **Njabulo Ndebele, *The Cry of Winnie Mandela* (2003)**

A revista *Drum*: a voz de Sophiatown

O registro mais memorável da "década fabulosa", como a denominou o escritor Lewis Nkosi, foi impresso na revista *Drum*, um tabloide para africanos criado em 1951. Foi em suas páginas que a geração de "cockneys africanos destribalizados" de Sophiatown encontrou sua voz. Embora fosse de propriedade e edição de brancos, a *Drum* fez a carreira de uma legião de escritores de talento, entre eles o jornalista investigativo Henry Nxumalo ("Mr. Drum"), Nat Nakasa, Bloke Modisane, Can Themba e o próprio Nkosi. Nas páginas de entretenimento e nas reportagens, no jornalismo esportivo e nos contos finamente elaborados, os autores da *Drum* captavam o tom característico de Sophiatown, uma "fala jazzística" vigorosa e repleta de gírias.

Dirigida a um público continental e pan-africano, a *Drum* utilizava tanto um nível literário e mais elevado quanto, e mais geralmente, uma linguagem visual menos letrada, com boxeadores, misses de concursos de beleza, assistentes sociais, respeitáveis patriarcas de família – figuras que representavam modelos para o público leitor da burguesia negra. Significativamente, Nelson e Winnie Mandela, tomados como casal, encarnavam alguns desses papéis mais importantes. Mandela, retratado num belo terno no Julgamento por Traição, foi de fato o "garoto de capa" da *Drum* em 1956. Seu exemplo como o arquétipo do cosmopolita africano e eloquente político nacionalista pode, portanto, ser atribuído em certa medida ao trabalho da talentosa e acessível geração de escritores da *Drum*. Do ponto de vista dessa comunidade literária, ciente da importância tanto da autoapresentação quanto da autorrepresentação, tanto do estilo negro quanto do orgulho negro, o político elegante com sorriso de astro de cinema aparecia como *líder definitivo*, na medida em que *também* era um *sofisticado urbano* inigualável.

Refletindo sobre o momento histórico da *Drum*, o escritor Ezekiel Mphahlehle disse certa vez: "[enfiamos] nossos pés numa cultura urbana em termos impossíveis. [...] Nossa cultura é fugidia: pegando aqui, incorporando ali, conservando

13. Rolihlahla Nelson Mandela no início dos anos 50, a essa altura já conhecido por seu estilo e elegância.

isso, rejeitando aquilo". Tragicamente, era também uma cultura fugidia no sentido de que, nos meados dos anos 60, muito tempo depois de terminadas as desapropriações da "parte negra" de Johannesburgo, seus integrantes mais destacados estavam em fuga, na prisão ou no exílio. Hoje, o triste desaparecimento da fabulosa geração de artistas da *Drum* dá brilho à sua imagem glamorosa por contraste e confere ao Mandela dos anos 50, o homem em Sophiatown, o ar de uma figura de outra era. Mesmo assim, o conceito de uma cultura negra fugidia, impossível, é importante também pelo que revela sobre a luta simbólica que a vida urbana representava para os africanos deliberadamente modernos. Como os advogados Tambo e Mandela, como os cantores e trompetistas de bar, os escritores da *Drum* trabalhavam com o sentimento vivo de criarem *contra todas as probabilidades* as condições de autodeterminação da comunidade urbana negra.

**

O apartheid não era apenas uma ordem institucional, e sim, nas palavras do crítico Leon de Kock, "uma condição do ser [...] um problema", o que significava que, para entrarem na história oficial (a história com H maiúsculo), os africanos urbanos, quisessem ou não, teriam de mudar a situação. Remodelando as formas europeias em seus próprios termos, eles criaram uma "sutura do incomensurável". Com suas histórias de terríveis lutas pela sobrevivência e fugazes amores antes da perda inevitável, as páginas da revista *Drum* mostram como era difícil para os sul-africanos negros conseguirem esse ingresso histórico e viverem essa realidade cheia de fissuras, ainda mais com estilo e desenvoltura. *Drum* mostra as proezas de adaptação e engenhosidade que eram necessárias para traçar um caminho coerente e, acima de tudo, moderno e elegante por entre o problema do apartheid, fosse pela via da resistência política, como a campanha "Não sairemos daqui" de Sophiatown, ou pela própria escrita.

Durante os anos em que esteve trabalhando na balbúrdia intercultural do centro de Johannesburgo, Mandela desenvolveu o dinamismo (primeira qualidade que Sisulu viu nele) que lhe permitia superar os sentimentos de deslocamento que afetavam muitos de seus colegas e irromper vigorosamente no presente moderno. Tanto quanto aprendera com o exemplo de Gandhi, de um 1952 já historicamente distante, também aprendeu com o espetáculo visual de Sophiatown a coreografar uma imagem a fim de frisar algum aspecto político. Nas ruas do centro, onde o temperamento vistoso tinha estímulo para se apresentar como astro principal, Mandela aprimorava a confiança de um ator de teatro que viria a utilizar em Rivonia, para lograr mais efeito, ao apresentar um dos grandes discursos do século XX, e, muito tempo depois, no fórum mais discreto da mesa de negociações. Como veremos a seguir, foi então que ele percebeu que um estilo masculino emanando segurança podia ser eficiente para se contrapor aos estereótipos dominantes dos negros como indivíduos rústicos, atrasados e coisas do gênero. Na verdade, em 1962 ele avançara tanto como *agente da história*, operador político consciente dentro e entre as comunidades, que gostava de telefonar aos jornalistas para informar sobre seus movimentos na clandestinidade.

A capacidade de autoprojeção de Mandela, apesar da repressão do apartheid, será examinada no próximo capítulo, que apresenta o líder do CNA como um ator extremamente dinâmico e sempre intensamente masculino. Mas pode-se explicar não só esse uso de várias máscaras e formas mutáveis, como também outra qualidade relacionada, a saber, sua relativa independência em relação a dogmas, pelo fato de ter tido sua educação política dentro do mesmo cadinho em que se formou o jazz sul-africano. Dificilmente sua sensibilidade teria escapado à atmosfera de risco e improvisação, de empréstimos extravagantes e estilo solto que caracterizava os clubes de jazz e os salões mistos de Johannesburgo. Pode-se sustentar que, desde então, sua prática política veio a se caracterizar visivelmente pelos ritmos e sincopados da música de Fordsburg e Sophiatown, com seus entrelaçamentos em contraponto e suas excêntricas tangentes. Ao longo de toda a carreira, muitas vezes Mandela se interessou em seguir uma *linha experimental* (na expressão do romancista J. M. Coetzee), que se distinguia da linha de seu partido. Ele defendeu a violência quando outros líderes do CNA se prendiam à resistência passiva. Na prisão, estabeleceu relações com o inimigo. E, mesmo que a reação tenha sido tardia, ele promoveu a conscientização sobre o vírus da AIDS, quando a política do Estado sul-africano consistia em negar a existência da doença.

Capítulo 6

O ator masculino

Em seus julgamentos de 1962 e 1964, Mandela decidiu, depois de uma reunião de consulta, *representar a si mesmo* no banco dos réus, pensando que a forma de apresentação direta assim permitida criaria uma oportunidade ideal para a transmissão das posições políticas do CNA, já na ilegalidade. Nisso ele teve enorme sucesso. Os dois discursos estrategicamente planejados e retoricamente elaborados foram os elementos propulsores que levaram a luta contra o apartheid dos nacionalistas africanos na África do Sul para o palco mundial e, além disso, concentraram sobre Mandela os holofotes da história.

Em qualquer memória referente ao líder do CNA, esta é a nota principal que vibra constantemente: seu talento camaleônico para assumir diferentes disfarces; o gosto teatral pelos gestos e indumentárias; a aguda consciência da força de sua própria imagem. Ao longo da carreira, Mandela interpretou papéis variados como conselheiro jurídico, advogado de defesa, *showman*, líder guerrilheiro e estadista, e se permitiu prodigamente ser fotografado em todos esses papéis. Como vimos, ele gostava de interpretar o personagem das *múltiplas formas*, adotando uma série de máscaras e aparências contrastantes e convencendo os outros de sua autenticidade. Seu personagem urbano, por exemplo, expressava uma segurança moderna, mas inequivocamente nacionalista africana: *este*, era o que anunciava sua aparência, é o estilo do homem africano vindouro, o cidadão do futuro.

Na clandestinidade em 1961-1962, ele se deu muito bem com os disfarces necessários para viver escondido, e também com o senso teatral e o risco de descoberta que havia em andar disfarçado (Figura 10). Não à toa, chamavam-no de Pimpinela Negro, referência ao protagonista do famoso romance da baronesa d'Orczy, *The Scarlet Pimpernel* [*Pimpinela escarlate*, de

1905], um aristocrata inglês que era mestre em disfarces engenhosos na época do Terror francês. Ao que consta, o apelido não o desagradou. Correspondia à ideia que fazia de si mesmo, capaz de estabelecer relações com vários públicos diferentes – "com muçulmanos no Cabo... canavieiros em Natal... operários em Porto Elizabeth", comenta ele em sua autobiografia. Também correspondia à sua vontade de controlar qualquer situação em que se encontrasse, característica esta que não é tratada explicitamente em *Longa caminhada*.

Este capítulo ressalta as habilidades notáveis de Nelson Mandela como ator e manipulador de imagens – qualidades essenciais para entender suas realizações e como elas se entrelaçaram com a visão política do CNA. Do final dos anos 50 em diante, principalmente depois da controversa guinada para a violência, fica claro que sua organização, apesar da ênfase sobre o coletivo, trabalhou incansavelmente para explorar a autoprojeção de Mandela como símbolo do homem do destino. Para um movimento no exílio, precisando de uma liderança messiânica, Mandela era o homem perfeito para o papel e, na verdade, feliz em estilizar sua imagem para promover a causa nacionalista.

É isso o que explica o ar de uma coreografia orquestrada, presente em todas as narrativas de sua vida: suas atuações eram compostas com uma deliberação admirável. Ele sempre teve consciência dos efeitos poderosos de uma declaração física, da eficácia das máscaras, em público ou na esfera privada, da possibilidade de se tomar sua vida como modelo africano de ascensão social e sucesso político. Mesmo nos rastros da campanha de 1994, quando sua reputação já era bastante sólida, Mandela era famoso por discursar para diversos Fóruns do Povo no mesmo dia, mudando de roupa várias vezes para se adequar a cada público (jaqueta com capuz de lã para os mais velhos, camisa aberta para ouvintes das aldeias). Como certa vez observou Mhlaba, desde o final dos anos 50 Mandela foi treinado para ser o líder do CNA no país (correspondente a Tambo no exílio) e, "naturalmente, ele mesmo se conduziu para chegar àquela posição".

O domínio de Mandela na atuação é, muitas vezes, reconhecido como um dado de fato, mas raramente analisado em profundidade. Provavelmente isso se deve à associação entre essa teatralidade e acusações de volatilidade e vacuidade moral. Porém, sua capacidade de trabalhar a própria imagem, como se ela fosse expressão de sua política, é muito reveladora, e não só a respeito de sua astúcia em manipular o mito sobre si mesmo. Ela também se reflete no proverbial dinamismo de Mandela: como ele transformou seu *estilo de ativismo* num *credo da ação.* E também expressa a ideia de Mandela, que divide com Gandhi, de que o método e o meio são fundamentais para a política, e a maneira mais eficiente de transmitir um princípio é pela exibição. O sucesso político significa, em grande medida, transmitir uma mensagem humanamente mais convincente do que o rival: Mandela mostra que adota entusiasticamente esse preceito. Isso, por si só, já é forte razão para examinar sua capacidade consumada de interpretar vários papéis.

O fato de Mandela ter consciência de sua condição icônica pode parecer um tanto cínico, e até astutamente pós-moderno, mas seria mais preciso defini-lo, na época, como um expediente. Ele viu, como Nehru também viu, que era importante aparecer como "expressão simbólica dos desejos confusos de seu povo": que os movimentos nacionalistas anticoloniais em luta precisavam de imagens poderosas com força unificadora. Leitor das memórias de Nehru, Mandela, em sua autobiografia meio século depois, constrói sua vida tomando como postulado que a história do líder nacional está entrelaçada com a história da nação; em seu caso específico, com a história da resistência contra o apartheid. Para Mandela, o líder, o futuro primeiro presidente democrático *encarna* a nação. Significativamente, nos anos posteriores no cargo, era usual que Mandela aparecesse em imagens que sugeriam uma identidade totalmente vinculada a uma máscara pública, como comenta Richard Stengel, o colaborador da biografia.

Outra forte razão para se fazer uma análise do presidente-ator é que, em sua atuação, Mandela – *ao contrário* daquele outro grande ator anticolonial, Gandhi – sempre escolheu interpretar o homem ou ressaltar e reforçar os aspectos de sua masculinidade. Se sua iconografia encarnava em certa medida sua política, era uma iconografia visivelmente masculina. Assim, falar de Mandela como o homem das máscaras permite-nos também falar de sua projeção de uma *masculinidade* sistematicamente *imperiosa*. O jogo com as roupas não era um entretenimento efeminado, e sim uma maneira impositiva de se apresentar na esfera pública. Devido à noção generalizada de que um líder nacionalista devia ser necessariamente afirmativo, decidido e, portanto, masculino, essa masculinidade predominante é muitas vezes tomada como pressuposto nos estudos sobre Mandela – no entanto, foi ela que forneceu, certamente na primeira metade de sua carreira, a força motriz por trás de sua conduta moral e de sua autoridade política.

Escolha da indumentária

Na primeira vez em que entrou no tribunal, depois da bombástica prisão de 1962, Mandela (e Winnie também) sabidamente escolheu usar um traje xhosa tradicional, no caso um *kaross*, ou manto de pele de leopardo, para mostrar que carregava nos ombros as aspirações históricas de seu povo. "Eu me senti como a encarnação do nacionalismo africano", comentou ele. Em outras vezes, como sabemos, trajava-se como advogado elegante para irradiar autoconfiança urbana africana – usando ternos que eram complementados pelas roupas modernas e sofisticadas de Winnie (Figura 14). Ele traduzia seu respeito pela democracia de Westminster e pelos valores de distinção social no gosto pelos acessórios que compunham "o estilo e os modos britânicos".

Mais tarde, interpretando o papel de Creonte na montagem de *Antígona*, de Sófocles, numa produção na Ilha Robben em 1970, ele disse que sentiu no que consistia ser um verdadeiro legislador: o papel e as roupas lhe deram a sensação de realidade. Na época da presidência, seu personagem público parecia ter se amalgamado ao sorriso contagioso e ao ar de bonomia pública que cultivara por muito tempo. Suas relações com os meios de comunicação se davam quase exclusivamente usando o encanto das boas maneiras, ao qual dificilmente se resistia. Combinava primorosamente a celebridade do combatente pela liberdade com a respeitabilidade de classe média, como quando tomou chá com a sra. Verwoerd. Mandela havia realizado o que um dos ministros de seu governo chamou de *politização total do ser*.

O aspecto predominante das múltiplas encenações fascinantes que caracterizam a carreira de Mandela é a grande ênfase na escolha da indumentária: não só interpretando o papel, mas também usando a roupa certa. Como no caso de Gandhi, outro mago da semiótica da roupa, o traje e o estilo tinham peso fundamental na maneira de projetar seus diversos personagens públicos. Mandela trabalhava o vocabulário da roupa para afirmar o controle sobre uma situação e para condensar os valores que defendia. Num agudo contraste, seus discursos, como regra geral, não se destacavam. Marcados sobretudo pela falta de fluência, eles se caracterizavam pelo abuso de frases feitas da retórica militante, pelo gosto do clichê (por exemplo, a vida humana como breve aparição num palco) e por um tom rígido e de admoestação (às vezes, não muito diferente de seu correspondente branco, P. W. Botha).

A formalidade retórica pesada de Mandela também se ligava à relativa *invisibilidade* do *corpo* físico e emocional em seus discursos. Numa estranha contraposição à sua estatura imponente, as questões referentes aos aspectos corporais, inclusive a sexualidade ou qualquer espécie de cinestesia, estão em posição curiosamente recessiva ou aparecem expressas com extrema modéstia. Esta é uma área de diferenças perceptíveis em relação a Gandhi, que se permitia irrestritamente projetar seu corpo físico seminu, embora ascético, para melhor representar sua política.

Assim, no caso de Mandela, definitivamente a roupa faz o homem e o político: a indumentária transmite o exemplo moral – e o modelo de estilo – que ele procura representar em quase todas as plataformas que ocupa. Para ele, os momentos políticos

14. Mandela comemora com a esposa Winnie, à saída do tribunal, sua absolvição no Julgamento por Traição. Já usando a barba do esquivo "Pimpinela Negro", naquela mesma noite ele começou sua vida na clandestinidade. A foto transmite a intimidade alegre do casal, cuja lembrança lhe serviu de esteio nos longos anos de prisão.

mais importantes são capturados em algum traje apropriado, na medida em que, em certos casos, é a roupa que *cria* o momento, como quando ele vestiu a camiseta e o boné de rúgbi dos Springbok, em verde e dourado, na vitória na Copa do Mundo de 1995 na África do Sul (Figura 15). Naquele dia de julho, ele jogou intencionalmente tanto com os significantes padronizados da masculinidade sul-africana branca quanto com a elasticidade de sua própria imagem na mídia. Longe de se sobrepor aos lugares comuns acachapantes que dominavam o evento, como observa o romancista J. M. Coetzee, Mandela os incorporou, nisso auxiliado pelo fato notório de que o capitão dos Springbok tinha relativa sensibilidade política. Mesmo que sua atuação, para muitos observadores, parecesse indicar uma perigosa concessão, Mandela procurou encarnar daquela maneira o princípio da reconciliação com a identidade africâner.

De uma maneira estranhamente semelhante àqueles heróis imperiais de espírito independente como o general Gordon, o teatral Baden-Powell ou até o próprio lorde Nelson – que também poderiam adotar o "Invictus" de Henley como inspiração –, Mandela apreciava imensamente o senso de ocasião pública, com sua mescla de formalidade e teatralidade, de convenção e improvisação. Gostava de dominar uma situação com pura verve, ousadia e voluntarismo. Como os heróis do império, ele demonstrava profundo senso de missão e destino histórico, compreendendo que a certeza de ser indicado para uma tarefa, junto com o talento teatral, era fundamental para uma liderança dotada de autoridade. Se em anos posteriores, quando se aproximava mais e mais de seu mito como santo secular, ele veio a sacrificar as qualidades mais mundanas de suas encarnações prévias – o jovem piadista, o Pimpinela clandestino –, suas roupas continuaram a lembrar ao público seu humor caprichoso e o inabalável prazer de criar poses.

Encarnação da lei

Desde que entrou num palco político maior, com a Campanha do Desafio, Mandela sabia que não só a perspectiva

15. Mandela entra para a lenda dos esportes usando a camiseta de rúgbi nº 6, do capitão François Pienaar, na vitória do Springboks na Copa do Mundo de Rúgbi de 1995.

política do líder devia condensar as aspirações de seu povo, mas também sua presença física em ação podia ser vista como configuração dos sonhos da nação. No escritório de advocacia que abriu com Tambo naquele mesmo ano, Mandela logo criou fama como advogado afirmativo, cultivando maneiras teatrais no tribunal, que contrastavam com a abordagem mais reservada do sócio. Ele viu que sua atividade de advogado negro, trabalhando entre as contradições da sociedade segregacionista, exigia esse arrojo dramático, armadura indispensável num contexto de humilhação constante e rotineira dos negros.

Mas suas atuações também invocavam astutamente os valores que sustentavam seu sucesso profissional: as lealdades patrimoniais à comunidade, reforçadas pelo princípio vitoriano da autonomia individual; o código britânico de etiqueta incutido por sua educação em escolas missionárias; o respeito pelo debate racional e pelo império da lei. *Vejam!*, era o que anunciavam suas aparições no tribunal: aqui está um negro superando um branco ao representar os mesmos valores civilizados que ele, o branco, nega a mim. Era um impacto profundamente subversivo, justamente porque, ao apresentar os argumentos da defesa, Mandela estava encarnando os próprios princípios da lei e do direito que a autoridade branca atribuía exclusivamente a si.

Na época de seu julgamento por sabotagem em 1962, Mandela estava mais ciente do que muitos de que o espaço do tribunal podia ser usado como palco político. Era o local do país mais livre e desimpedido das restrições discriminatórias impostas aos africanos. Seu discurso de 1964 no banco dos réus, com a exposição da história do CNA passo a passo, até sua guinada para a violência armada, mostrava uma aguda consciência do público e do momento histórico, bem como da pura liberdade que lhe era concedida pela oportunidade de falar.

Durante todo o discurso, Mandela mantém um delicado equilíbrio entre suas várias lealdades – à tradição e à modernidade, ao nacionalismo e ao comunismo, ao Ocidente e à África. Ele tem consciência de que cada palavra medida e pesada é uma exposição das injustiças sofridas pelos sul-africanos negros e, ao mesmo tempo e com vigor ainda maior, uma encarnação dramatizada do *compromisso negro com a justiça*, em contraste com o "banditismo" da lei branca (na memorável expressão de Bloke Modisane). Ele dá provas, ou melhor, ele encena, ele *é* a integridade e a capacidade negra aqui, agora, dentro da África do Sul. O filósofo francês Jacques Derrida relembrou num memorável ensaio de 1986 a posição de Mandela invocando o puro espírito da lei. Recorrendo a um plano superior a seus juízes, representantes de uma lei aviltada, Mandela, segundo Derrida, representava uma justiça mais alta. Ao se pôr "contra a lei dentro da lei", ele se tornou a expressão suprema das tradições jurídicas racionalistas associadas ao Iluminismo.

Na prisão, privado dos esteios de autoridade que lhe eram fornecidos pelo palco público e pela roupa adequada, Mandela desenvolveu outros métodos para afirmar sua visão e vontade, os quais também incluíam uma projeção pessoal ousada, embora em ambiente mais restrito. Era inteiramente previsível que a primeira reclamação registrada por Mandela referiria-se aos degradantes calções curtos que os prisioneiros africanos eram obrigados a usar. Aqui também, o que estava em questão era a maneira como a roupa configurava a dignidade pessoal e política. No espaço restrito da cela e do pátio de exercícios, ele também explorou as possibilidades de outro tipo de discurso. O belicoso líder guerrilheiro se abrandou forçosamente como um interlocutor discreto, o qual, porém, ainda atento à *aparência* de qualquer ação, muitas vezes escolhia indivíduos de *outras* organizações para conversar. Na interação com as autoridades carcerárias, ele sempre manteve uma correção impecável em suas maneiras, mesmo sob provocação. Sempre tratava as visitas, anunciadas ou inesperadas, com sua característica gravidade. A polidez era uma maneira de demonstrar por contraste o autocontrole e respeito dos africanos pela lei.

Após a libertação em 1990, quando sua imagem se tornou novamente pública, o indivíduo Mandela trabalhou junto com o mito que sua organização criara para expressar especificamente a *representatividade*. Rejeitou enfaticamente qualquer noção de que ocupasse uma posição elevada e falou do perigo dos cultos à personalidade na política africana. No entanto, sua intermediação entre o CNA e o governo dependia precisamente de sua autoridade como líder individual, de sua capacidade de *falar por* seu movimento e país e de *falar a* seu povo, como sugere o uso notoriamente pródigo da primeira pessoa do plural. Nas várias vezes em que Mandela defendeu acordos e compromissos em nome do CNA, foi quase exclusivamente com base no chamado "capital moral" que tinha, nas ações coerentes com certos princípios centrais. Nas eleições de 1994, identificou-se totalmente com a campanha de sua organização. Mostrava na prática e no próprio físico o prestígio que adquirira como jovem comandante e preso político, mas também, e de maneira ainda mais intensiva, encarnava a perspectiva de uma nova identidade sul-africana – liberta, expansiva, móvel, abrangente.

Era previsível que essa mensagem nacional fosse expressa, mais uma vez, na indumentária. Do começo até meados dos anos 90, Mandela abandonou os ternos cosmopolitas e passou a usar as *camisas Madiba* largas e coloridas que se tornaram sua marca registrada – e um artigo de grande saída nas lojas sul-africanas para turistas (Figuras 2, 9 e 20). Longe de serem genuinamente africanas, essas camisas tinham sido apresentadas a Mandela pelo presidente Suharto, da Indonésia, em sua viagem pela Ásia em 1990. Ele adotou essa peça frouxa, mas vistosa e elegante, não tanto por combinar com o conceito da nação multicolorida, como poderia parecer, mas por ser confortável. Mas, enquanto a camisa lhe permitia "sentir liberdade" (palavras suas), ela também lhe permitia mostrar a informalidade de um homem de idade, conquistada a duras penas, mas também digna e majestosa, com as várias cores étnicas compondo o conjunto.

Em suma, desde 1952, e certamente entre 1990 e 1999, a vida política pública de Mandela pode ser vista como um evento publicitário em andamento, no qual ele era, ao mesmo tempo, a peça central e o coordenador mais incansável. Como Gandhi, ele percebeu como era essencial o remanejamento de uma imagem carismática, num conflito com um adversário imprevisível. Na época em que se retirou da vida pública, Mandela já se transformara não só num signo de si mesmo, mas também quase que no logotipo de seu país, como se vê na presença ubíqua de seu rosto sorridente nos websites do setor turístico sul-africano.

Discurso formal

Nenhuma apresentação do artista Mandela estaria completa sem mencionar a curiosa imobilidade de suas atuações verbais: como o tom forçado e insípido que marcou suas primeiras tentativas de falar em público prosseguiu, apesar de algumas modificações, durante toda a sua carreira. Essa rigidez caracterizava não só os discursos, mas também os artigos polêmicos escritos para publicações como *Liberation* (1953-1959) e os manifestos político-pedagógicos na prisão. Como essa linguagem dura – sua *langue de bois* – se coordenava com a versatilidade de sua conduta como político?

A retórica, segundo a definição clássica, é fundamental para a persuasão, assim como a boa enunciação é fundamental para o êxito de uma atuação. Mas, para Mandela, muitas vezes a persuasão dependia mais da projeção de uma autoridade de liderança usando formas de tratamento extremamente mecânicas. Em "Tamed" [Domado], escrito em resposta a "Release" [Liberte], discurso de fevereiro de 1990, o poeta Tatamkhulu Afrika evoca Mandela como uma divindade num "pedestal alienante, montado para cortar tuas asas" e, ao mesmo tempo, como um mero velho, manipulado por forças históricas, alimentado "impassivelmente" com palavras "como numa máquina". No correr dos anos, como isso sugere, a linguagem indumentária de Mandela muitas vezes operou com efeitos mais eloquentes do que seus discursos formais, embora sua impassibilidade também sustentasse ao mesmo tempo seu porte imperioso.

Mais do que um mestre da retórica pós-apartheid, como sugere Philippe-Joseph Salazar, pode-se dizer que Mandela tem exibido a *retórica da maestria pós-apartheid.* Isso fica evidente naquele mesmo discurso de 11 de fevereiro, redigido junto com

Cyril Ramaphosa e Trevor Manuel. Nessa época do ressurgimento do líder em espera, a preocupação do trio que escreveu o discurso era afirmar a liderança coletiva e desfazer suspeitas sobre uma possível colaboração de Mandela com o inimigo. Por isso, para a decepção dos ouvintes de todo o mundo, Mandela se ateve a uma obstinada devoção, ao longo de todo o discurso, pelas insípidas saudações formais e convencionais ao eleitorado e grupos de apoio do CNA. Ladainhas de agradecimentos semelhantes marcaram outros discursos da época. (Interessante notar que, embora Mandela tenha trabalhado com vários redatores de seus discursos ao longo da carreira, a linguagem monótona e enfadonha se manteve como uma constante, assim indicando que se tratava de uma preferência.)

É sugestivo que Mandela sempre tenha sido um orador mais marcante no tribunal do que fora dele. A mesa da defesa ou o banco dos réus lhe concedia certa liberdade para agradar a multidão, e foi onde ele aprendeu a moldar o tom mais rígido, adequando-o às modulações suaves dos argumentos jurídicos. Fora dali, motivado por um forte senso de responsabilidade para com seu povo, ele evitava sistematicamente qualquer laivo de demagogia. Para incentivar os ouvintes a lhe darem apoio, Mandela usava uma linguagem generalista e despojada, com verbos simples e diretos, substantivos geralmente abstratos – invocando a liberdade e a democracia –, mas sem adornos. Fosse na tribuna ou no banco dos réus, suas progressões graduais e frases feitas eram deliberadas para controlar a expressão de emoções subjetivas.

Exceto naquelas ocasiões relativamente raras, quando Mandela expressava sua indignação diante dos abusos de poder em tom de exortação, seu discurso público era despido de afetividade pessoal. Não se tratava de saber como Madiba, como Rolihlahla se sentia. Para um indivíduo tão empenhado como ele em obter consenso por meio da invocação de princípios que tinham concordância geral, não fazia sentido engrandecer ou adjetivar demais as palavras. Seus pares repetitivos e fortemente polarizados (escuridão/luz, vida/morte, povo africano/governo branco); o previsível leque de imagens com longas caminhadas, batalhas demoradas, lentas ascensões (seguras graças ao endosso de Shakespeare e Nehru) – em suma, os clichês a que ele dava tanta preferência constituíam, acima de tudo, um meio de insistir na concórdia.

Na interpretação do biógrafo Tom Lodge, pode-se ver a tensão existente entre os *dois modos de liderança* de Mandela, impressa em suas apresentações orais, no contraste entre o ocasional tom professoral mais elevado e a enunciação burocrática mais inexpressiva. Inspirado por sua formação palaciana, às vezes ele endossava as noções tradicionais de *tomada de decisão consensual.* Essa abordagem se enunciava argumentativamente com um imponente vocabulário de identificação coletiva e o recurso ocasional a floreios e pequenas alegorias, como em sua famosa citação do poema de Ingrid Jonker (sobre o filho da África cavalgando o mundo) no discurso sobre o estado da nação em 24 de maio de 1994. Em outras ocasiões, porém, ele empregava as fórmulas sintéticas da *autodeterminação liberal* e do *governo democrático.* É significativo que tenha utilizado esse tipo de linguagem empírica e telegráfica, lançando-a contra os excessos vulgares do Estado colonial, em suas justificativas da resistência armada nos anos 60. Era também essa segunda modalidade que – para fechar o círculo – fornecia o contraste estratégico para suas atuações individualizadas e exuberantes no palco político.

Madiba masculino

Desde que pisou no pátio do regente, seu tutor, passando por seu trabalho jurídico e político em Johannesburgo, até os anos de prisão, cada um dos mundos socioculturais frequentados por Mandela era organizado segundo linhas patriarcais, alicerçadas em atitudes de masculinidade. Assim, não surpreende que, durante a maior parte da vida, ele tenha visto não só o heroísmo nacional, mas também a própria capacidade de ação histórica em termos estritamente masculinos. Tampouco surpreende que, aos olhos dos adeptos e partidários, sua masculinidade heterossexual e afirmativa representasse as bases inquestionadas para sua liderança carismática.

Nas anotações de 1964, feitas caso o tribunal decidisse pela pena capital, o orgulho de Mandela pela causa abraçada estava vigorosamente expresso nas palavras finais, que enfrentaria seu destino "como um homem" (Figura 5). Essas palavras eram ecos inconscientes do grito que Rolihlahla, em sua iniciação, lutou para conter no momento da circuncisão. Tal como para a maioria dos movimentos nacionalistas pós-coloniais, ser sujeito humano, para Mandela, era ser homem. Na autobiografia, embora publicada em 1994, a luta de libertação sul-africana é descrita genericamente como experiência "do homem negro". Aqui também Mandela se diferencia de Gandhi. Enquanto, para Gandhi, a resistência anticolonial exigia a rejeição das formas masculinas por meio das quais se expressava a autoridade ocidental – uma feminilização geral do método político –, para Mandela, inversamente, a autoafirmação nacionalista incluía que o indivíduo se assumisse plenamente como homem – isso a despeito de sua receptividade às formas de protesto das mulheres.

Sob o domínio imperial, como é amplamente reconhecido pelos analistas, as identidades de gênero eram postas a serviço do poder colonial. Dentro da hierarquia colonial, a autoridade europeia tendia a se caracterizar como masculina (dominante, racional), enquanto as regulamentações sociais e as representações culturais efeminavam os colonizados, em especial os homens, para melhor efetivar a subjugação. É significativo que, em várias cartas de reclamações escritas na prisão, Mandela se referisse às agressões sofridas pelos presos qualificando-as de *castrantes*. Na África do Sul, a união branca de 1910 havia reforçado consideravelmente o regime colonial discriminatório do valor masculino e feminino que operava desde 1700. Suas leis draconianas referentes à terra e à mão de obra polarizavam as famílias segundo linhas rigorosas por sexo, por fim aglomerando os mineiros migrantes em alojamentos exclusivamente masculinos nas cidades.

Assim, na África do Sul, como em outras ex-colônias, a subversão das ideologias sexistas impostas se tornou um movimento essencial no jogo anticolonial. Figuras de destaque na comunidade nacionalista se sentiram obrigadas a afirmar por compensação uma masculinidade vigorosa, que tinha como contraponto a elevação das mães rurais a símbolos da virtude nacional. Além disso, num contexto em que a escola missionária e o local de trabalho reproduziam a estrutura patriarcal da família tradicional, a história do ingresso africano na modernidade urbana se tornou, quase inevitavelmente, uma história dominada pelo indivíduo do sexo masculino. Embora Mandela tenha crescido a relativa distância do colonialismo direto, seus mundos em Johannesburgo eram ao mesmo tempo coloniais e patriarcais em suas divisões: aqui, tanto os nacionalistas negros quanto os sofisticados urbanos resistiam à discriminação representando-se como homens "másculos". A projeção de uma *hipermasculinidade*, na memorável expressão do teórico Ashis Nandy – uma masculinidade que era agressiva, inflexível, dominadora em relação às mulheres –, era a posição que o nacionalista africano do sexo masculino devia adotar sob pressão.

Consta que Mandela declarou que foi apenas durante os anos de prisão, que lhe proporcionaram tempo para reflexão, que começou a desenvolver uma atitude mais crítica diante da equiparação convencional entre liderança e masculinidade. Afinal, o jovem Nelson havia presenciado no Grande Local como o governo autoritário de Jongintaba se dava como uma deliberação entre chefes exclusivamente masculinos. As redes de "parcerias" que ele costumava frequentar em Johannesburgo favoreciam os que defendiam seu status tradicional. Como escreve Can Themba em "Paixão da plebe", na *Drum*, os espaços culturais da cidade – o Bantu Men's Social Club, os clubes de jazz, as páginas da própria revista – constituíam mundos agudamente machistas, onde ele descobriu que poderia avançar precisamente aprimorando sua persona masculina afável, porém dinâmica.

É verdade que Mandela, que se impressionara com as estudantes "inteligentes" em Fort Hare, apreciava o fato de que suas duas primeiras esposas fossem ambas profissionais liberais instruídas. Reconhecia que o sucesso delas representava uma realização importante para as mulheres negras. Mas, embora tenha se interessado por elas devido a suas atitudes modernas, os relacionamentos com Evelyn e Winnie se caracterizaram, apesar de tudo, como registram as biografias, por expectativas convencionais em relação aos papéis sexuais. Quando seu casamento com Evelyn Mase terminou, ele lhe apresentou os papéis do divórcio como *fait accompli.* O namoro com Winnie Madikizela, que se deu na época em que ele estava envolvido no Julgamento por Traição, foi coreografado por ele: fez o pedido de casamento anunciando que o vestido de noiva estava encomendado. Como ele viu grifado em *Drum*, a modernidade urbana incluía a conformidade com os ideais do amor romântico individualista e da vida doméstica burguesa. Na Ilha Robben, em 1970, ele escreveu a Winnie lamentando ter deixado a seu cargo a criação dos filhos, sem uma ajuda mais próxima.

Da mesma forma, no campo político, em contraposição ao tratamento dos homens africanos a serviço dos brancos, que os chamavam de "garotos", o CNA e especialmente a Liga da Juventude expressavam a aspiração nacionalista com imagens de virilidade e combatividade, enquanto as ameaças a elas eram vistas, inversamente, como afrontas à masculinidade. Lilian Ngoyi, presidente da Liga das Mulheres do CNA nos anos 50, amante de Mandela na época do rompimento de seu primeiro casamento, era significativamente representada na *Drum* como mulher temível e intimidadora, mas, ao mesmo tempo, meiga por dentro, reiterando as dicotomias entre os sexos. O próprio Mandela, muito independente desde cedo, à vontade com a solenidade do status, acostumado a adotar um ar senhorial, era capaz de projetar uma identidade explicitamente masculina sem grande esforço, embora também de maneira deliberada. Em suas constantes intervenções agressivas nas reuniões, bem como no porte distinto e altaneiro, ele se conduzia de modo a reforçar uma autoridade africana *e* masculina inquestionável.

Esse seu papel imbuído de segurança também ficava muito explícito nas amizades descontraídas com mulheres brancas como Helen Joseph, Ruth First e Mary Benson, ligadas ao Congresso dos Democratas e ao CNA – amizades que os biógrafos do sexo masculino qualificam de admiráveis (embora todas elas fossem da alta burguesia). Em muitos contextos anticoloniais, é frequente que a masculinidade do herói nacionalista ganhe realce graças à ligação dele com o mundo feminino branco, supostamente muito ambicionado. Tal ligação representava não só o desejo por algo sexualmente proibido – explicação mais óbvia –, mas também a vontade de manter relações menos desiguais entre os sexos do que era usualmente possível com as mulheres negras, em vista das hierarquias coloniais. É evidente que, para Mandela, essas amizades eram alimentadas por um prazer intelectual em se encontrar com mulheres de qualquer raça em pé de igualdade, como companheiras de militância. Com Helen Joseph, por exemplo, ele se sentiu à vontade para falar de sua iniciação, quando estavam indo no carro dela para o Julgamento por Traição. Ele também criou ligações duráveis com as esposas de seus colegas do Congresso Indiano, como Amina Cachalia, que o apresentaram aos prazeres de sua culinária. Na autobiografia, ele comenta que era atraído para elas, pois às mulheres ele podia "confessar fraquezas e medos que jamais poderia revelar a outro homem": tinha liberdade para agir com uma masculinidade menos dominante. Todas essas mulheres, por sua vez, sentiam-se encantadas com a polidez, o sorriso constante e o físico imponente dele.

Mas, se o papel heterossexual e masculino de Mandela constituía uma expressão sistemática de sua política nacionalista, ele o interpretava não sem algumas tensões, como se evidenciava especialmente em suas leituras ecléticas e atentas na prisão. Uma das primeiras escritoras que ele conheceu, sua "garota preciosa", Nadine Gordimer, especialmente o romance *A filha de Burger*, conduziu-o "para além dos horizontes visíveis", como disse certa vez, e mudou sua perspectiva sobre os papéis dos sexos na luta. Agora passara a escrever a Winnie em

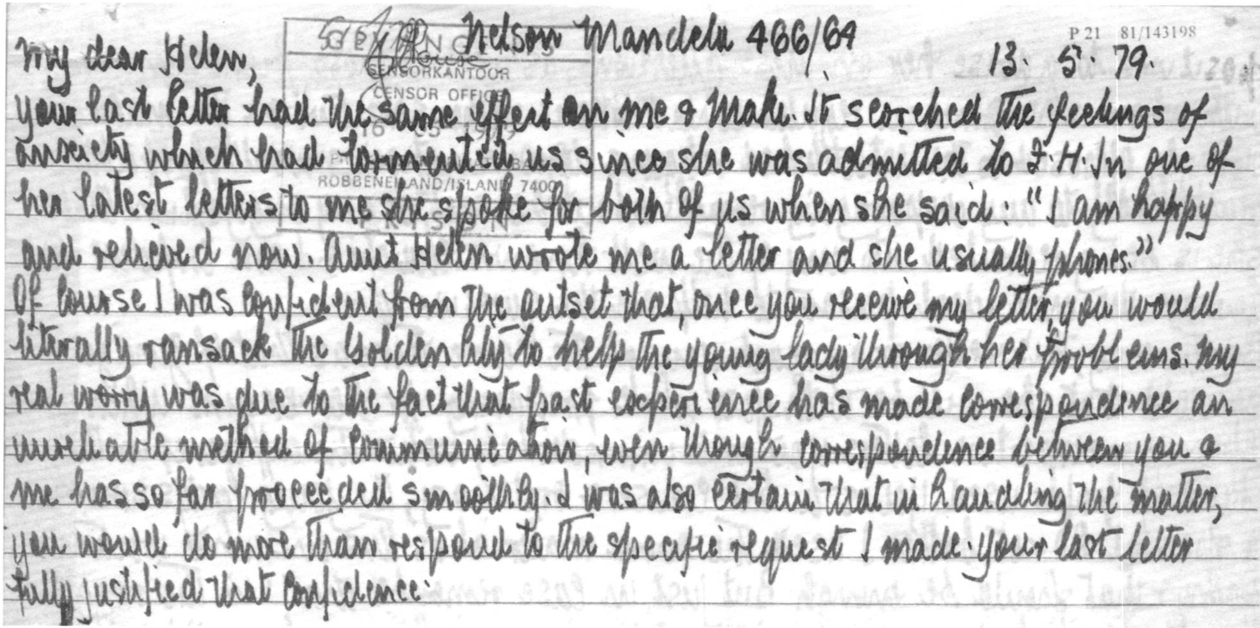

Nelson Mandela 466/64

13.5.79.

My dear Helen,

Your last letter had the same effect on me & Maki. It scorched the feelings of anxiety which had tormented us since she was admitted to J.H. In one of her latest letters to me she spoke for both of us when she said: "I am happy and relieved now. Aunt Helen wrote me a letter and she usually phones."

Of course I was confident from the outset that, once you receive my letter you would literally ransack the Golden City to help the young lady through her problems. My real worry was due to the fact that past experience has made correspondence an unreliable method of communication, even though correspondence between you & me has so far proceeded smoothly. I was also certain that in handling the matter, you would do more than respond to the specific request I made. Your last letter fully justified that confidence.

16. Uma carta de típico companheirismo a Helen Joseph, datada de 13 de maio de 1979, escrita na Ilha Robben, na qual Mandela lhe pede que o auxilie com os assuntos de sua filha Maki e fala de religião e da falta que sente dos amigos. Pessoas como Helen Joseph representaram uma via vital de comunicação durante o longo período de cárcere, a qual, apesar de muitas interrupções, ajudou a esposa e as filhas de Mandela a manterem uma existência cotidiana, mesmo que rudimentar, como família.

termos que reconheciam a parceria entre ambos; em 1969, declarou: "com você a meu lado, sempre me sinto parte de uma força invisível que está prestes a conquistar novos mundos". Muitas de suas atitudes anteriores em relação às mulheres tinham sido "totalmente erradas". Expressava admiração por figuras como Margaret Thatcher (por sua determinação política como mulher no cargo de primeiro ministro, não por sua política) e por viúvas poderosas em sua linhagem familiar na Tembulândia.

A conscientização de Mandela quanto à questão dos gêneros se confirmou em sua parceria com a terceira esposa, Graça Machel. A viúva de Samora Machel fora por bastante tempo uma figura pública importante por méritos próprios em Moçambique, seu país natal. Ao se casar com Mandela, ela certamente ampliou esses papéis. Mesmo abandonando seus antigos preconceitos masculinistas, porém, Mandela não perdeu o gosto por posar ao lado da série de beldades da moda e da mídia que recebeu nos anos posteriores à prisão (a princesa Diana, as Spice Girls, Oprah Winfrey, Charlize Theron) (Figura 9). Mas sua fascinada conivência com a objetificação midiática dessas mulheres vem provavelmente temperada por sua boa vontade em se manter como garoto-propaganda ao lado delas e, de modo mais geral, em oferecer o brilho de seu nome para várias causas: a campanha de conscientização sobre o vírus da AIDS, seu próprio Children's Fund.

A masculinidade robusta de Mandela sempre teve como base uma *heterossexualidade* em larga medida *não examinada*, embora aqui também haja aspectos ambivalentes. Na prisão, parece ter ignorado ocorrências homossexuais, inicialmente por alegada ignorância e depois, uma vez desenganado, por aversão, embora se dispusesse a admitir em princípio que tais atos "não naturais" também podiam ocorrer. Mas, anos depois, quando abraçou tardiamente a campanha da AIDS, fez uma declaração controvertida reconhecendo que essa "doença gay ocidental" também se tornara uma doença africana: assim considerava importante "romper o silêncio". Na prisão, embora mantivesse silêncio sobre seus sentimentos, Mandela nunca teve medo de mostrar uma solicitude e uma ternura feminina em relação aos amigos. Esse lado se manifestou especialmente nas relações com Eddie Daniels, integrante do ARM, grupo militante nascido do Partido Liberal, indivíduo baixinho que às vezes se sentia marginalizado na Seção B da Ilha. Mandela lhe ensinou os versos de "Invictus" que tanto o inspiravam e, quando Daniels adoeceu, ajudou-o pessoalmente esvaziando seu urinol. De vez em quando, Mandela lhe falava sobre o sofrimento emocional decorrente de sua disciplina de autocontrole.

O corpo de Neolitha

Tenho tido bastante sucesso em vestir uma máscara por trás da qual sonho com minha família, sozinho, nunca me apressando para ir ver o correio, até alguém chamar meu nome. Também nunca me detenho esperando visitas, embora às vezes sinta uma necessidade tremenda. Estou lutando para suprimir minhas emoções enquanto escrevo esta carta. Recebi apenas uma carta desde que você foi detida, aquela de 22 de agosto. Não sei nada a respeito das coisas de casa, como o pagamento do aluguel, as contas de telefone, a educação e as despesas das crianças, se você vai trabalhar quando for solta. Enquanto não tiver notícias suas, vou continuar preocupado e seco como um deserto. Lembro o Karoo, que atravessei várias vezes. Revi o deserto no Botswana em minhas viagens pela África – extensões intermináveis de areia e nem uma gota de água. Não recebi nenhuma carta sua. Sinto-me seco como o deserto. As cartas suas e da família são como as chuvas de verão e a primavera que fazem minha vida renascer e a tornam agradável. Sempre que lhe escrevo, sinto por dentro aquele calor físico, que me faz esquecer todos os meus problemas. Fico cheio de amor.

Nelson Mandela, em carta a Winnie Mandela (outubro de 1976)

A colisão entre a encenação exuberante e os sentimentos reprimidos em Mandela aponta para a possibilidade de que sua atuação de uma masculinidade ofuscante, inclusive como presidente afável e cortês recebendo celebridades, trazia em si mesma uma consciênciosa repressão dos aspectos físicos sensoriais. Sua masculinidade impermeável constituiria uma das defesas primárias que formavam seu escudo protetor em sociedade? Sem dúvida, aquelas suas aparições com ícones femininos do show business, do entretenimento e da filantropia incluíam gestos extravagantes de cortesia teatral e falas como que decoradas – gestos que se tornavam mais e mais repetitivos e superficiais quanto mais o presidente, no âmbito da vida pessoal, falava de si mesmo como o "homem mais solitário". Assim, seguindo essa sugestão, seu papel masculino estaria encerrado nas máscaras que era tão experiente em usar, e não no ser humano de carne e osso? E o autocontrole, ao qual estava firmemente presa essa fachada masculina, teria como se conectar àquela notável *ausência* do *corpo físico* em seus discursos públicos e mesmo em suas declarações sobre a AIDS?

Mandela, que desde a infância aprendeu a praticar extrema autodisciplina, sempre mostrou "desagrado por conversas pessoais". Restringia suas demonstrações de vulnerabilidade às cartas, como a de 1976 para Winnie, sobre o uso de máscaras de proteção (p. 158). As crises emocionais, de desejo ou tristeza, eram guardadas por trás de suas diversas aparências masculinas convincentes: de fato, a máscara parecia *nascer* de sua negação de seu lado "feminino", potencialmente fraco. Para Mandela, o corpo era uma entidade caótica demais para ser admitida no campo masculino da política nacionalista, mesmo quando este ficava restrito ao pátio da prisão.

> [N]o silêncio do amanhecer, [Mandela] contou outra história. Ele nos contou que um dia, quando foi abraçar a filha crescida, ela recuou e exclamou: "Você é o pai de todo o nosso povo, mas nunca teve tempo de ser um pai para mim".

> [...]
> Assim era – uma coisa contra a outra: o trabalho deles, nossas necessidades, os engajamentos deles, nossas vidas, era impossível conciliar. Eles sabiam disso, de alguma maneira, toda a geração deles: como o Estado tinha descarregado toda a sua fúria, eles viam os filhos sofrerem. E no entanto, no entanto, o que mais poderiam fazer?
>
> **Gillian Slovo, sobre a morte de seu pai, Joe Slovo, *Every Secret Thing: My Family, My Country* [Todas as coisas secretas: minha família, meu país] (1997)**

Essa é uma explicação possível, mas requer o apoio de outra, baseada no entendimento das formas de repressão física e de recato de tipo vitoriano que caracterizam o sistema colonial e segregacionista. Sem dúvida Mandela não negava inteiramente seus desejos: no esporte e nos relacionamentos com as mulheres, tinha vivo prazer, embora disfarçado, com o corpo erótico e sensorial. Símbolo destacado deste prazer, uma foto da *National Geographic* de uma habitante das Ilhas Andamã, correndo, com os seios nus, a quem ele deu o nome de Neolitha, ficou durante anos em sua escrivaninha na cela da Ilha Robben, para, como dizia ele, despertar "ciúmes" em Winnie (Figura 17). De manhã, quando desempoeirava a foto de Winnie, que ficava ao lado desta, e comprimia seu nariz no nariz dela como fizera antes, ao vivo, sentia outra vez "a corrente elétrica que costumava percorrer meu sangue" (Figura 14 e p. 163).

Frantz Fanon abriu um campo teórico importante nos anos 50, quando observou, em *Pele negra, máscaras brancas*, que o regime colonial operava através do controle e da administração dos corpos: a representação do colonizado como apenas corpo – bruto, animal, selvagem – ocupava um lugar central na estrutura de valores do colonialismo. O apartheid, forma particularmente aguda de opressão colonial, chegava a declarar que o corpo negro era descartável, agindo sobre ele com extrema violência. Como observa o filósofo Achille Mbembe, ampliando a leitura de Fanon, o domínio colonial exigia a negação absoluta do outro ser humano: a brutalidade definia os horizontes da existência colonizada. Disso decorria, segundo ele, que a melhor maneira de se opor resistência e se alcançar a libertação era que os colonizados negassem a si mesmos, negassem seus corpos e enfrentassem a morte – como fez Mandela no final de seu discurso no Julgamento de Rivonia. Em outros termos, se as condições de vida existentes eram contrárias à liberdade, a conquista da liberdade teria de incluir a superação ou eliminação da vida em si.

Essa noção esclarece o interesse permanente de Mandela por duas passagens de Shakespeare em que a morte aparece como implacável. Também pode esclarecer a veemência com que, em seus escritos, ele expõe ideais como a liberdade e a justiça. Em *Júlio César,* ato 2, cena 2, César invoca a morte como

17. Escrivaninha e estante na Cela nº 5, Seção B, na Ilha Robben, fotografia de 1978. Notem-se os tomates postos ali a amadurecer, a foto de Winnie com roupas tradicionais, a imagem vívida da *National Geographic* com uma nativa das Ilhas Andamã, com moldura feita pelo colega de prisão Mac Maharaj, o calendário de mesa padrão, onde ele anotava os compromissos, e o cobertor da prisão dobrado.

"um fim inevitável" que "virá quando vier". Mandela assinalou essa passagem como sua favorita em *Collected Shakespeare*, de Sonny Venkatrathnam, reconhecendo que essas palavras sintetizavam sua aceitação diante da autoridade da morte. Mas sua noção de que a morte da pessoa segue um roteiro, tanto quanto sua vida, fica ainda mais clara em *Medida por medida*, ato 3, cena 1, quando o duque diz a Cláudio: "Sê absoluto para com a morte". Era nessas palavras que Mandela refletia enquanto aguardava a sentença no julgamento e, de fato, as palavras de Cláudio ao duque, logo antes de sua recomendação, já tinham aparecido como o grande fecho do discurso no tribunal: "Mas, se for necessário, é um ideal pelo qual *estou disposto a morrer*".

Como complemento da autoridade concedida à morte, outro elemento igualmente importante no processo histórico da luta de libertação negra era o empenho em *recuperar o próprio eu* – um empenho que também pode ser visto no cuidado com que Mandela salvaguardava seu ser emocional. Seu discurso público enfrenta a hostilidade do sistema de apartheid ao corpo negro escolhendo estrategicamente, embora de maneira defensiva, ausentar-se daquele corpo, dar lugar a um recato visivelmente excessivo. Ele resiste à obsessão colonial com a dita corporeidade dos oprimidos desconsiderando taxativamente o corpo africano, na verdade todo e qualquer corpo, e afirmando em seu lugar uma posição ética. Sem dúvida, o que facilitou sua determinação em agir dessa maneira foi o fato de nunca ter sido torturado fisicamente quando estava na prisão, mas, mesmo assim, ela é inflexível. Sua linguagem autobiográfica também é claramente isenta de preocupações físicas e emocionais. É uma prosa estritamente denotativa, não confessional, e sob esse aspecto chega a contrastar com a prosa do homem que lhe serviu de modelo, Nehru, sempre profissional e emocionalmente contido.

Mandela absorveu o impacto do apartheid sobre o corpo dos oprimidos, de fato, incorporando suas negações, como ficou exemplificado no regime punitivo a que se submeteu desde cedo, na escola e na prisão. O corpo de Mandela podia ter muito estilo, mas também sempre fora disciplinado. Na Ilha Robben, ele se levantava todos os dias às três e meia da manhã para fazer duas horas de exercícios. Em Victor Verster e mesmo depois, seu cronograma se manteve quase inalterado. Na medida em que o Estado colonial operava obrigando os corpos individuais a interiorizar suas regras, Mandela pôde superá-lo justamente com esse processo de interiorização. Como mostrará o próximo capítulo, ele sobreviveu a condições rigorosas por primar pelo rigor.

> Sua linda foto ainda está a meio metro de meu ombro esquerdo enquanto escrevo este bilhete. Todas as manhãs, tiro cuidadosamente o pó dela, pois isso me dá a sensação gostosa de estar acariciando você, como fazia nos velhos tempos. Chego a encostar meu nariz no seu, para sentir de novo a corrente elétrica que costumava percorrer meu sangue sempre que fazia assim. Neolitha está na mesa, bem à minha frente. Como poderia me sentir abatido se conto com a atenção amorosa de damas tão maravilhosas?
>
> **Nelson Mandela, em carta a Winnie Mandela (maio de 1979)**

Capítulo 7
Espectros na horta da prisão

Três imagens da horta espectral da ilha:

Trabalhando na pedreira de calcário de um branco ofuscante na prisão, Mandela e os outros presos ficavam, no final do dia, cobertos de uma camada alva de pó. Pareciam fantasmas.

Trabalhando por mais de dez anos nessa mesma pedreira, os olhos de Mandela ficaram prejudicados, e os dos colegas também. No caso dele, os canais lacrimais ficaram obstruídos, o que significava que ele não conseguia chorar. Suas lágrimas, mesmo em ocasiões de grande sofrimento, eram invisíveis – lágrimas fantasmagóricas.

Até o começo dos anos 80, não era permitido nenhum contato durante as visitas da família, inclusive de Winnie. Numa carta à filha Zindzi, comentando uma visita dela à Cidade do Cabo, ele pediu que olhasse da Table Bay para a Ilha Robben e o imaginasse ali. Muitos conterrâneos sul-africanos fizeram esse tipo de projeção nos dezoito anos que Mandela passou recluso na ilha, durante os quais não veio a público praticamente nenhuma fotografia dos prisioneiros. Para seus entes queridos, bem como para a nação em geral, o Prisioneiro 466/64, ocupante da Cela nº 5, tornou-se de fato uma presença incorpórea e intangível: um espectro, um fantasma.

**

> Entre 1964 e 1990, ele ficou ausente do presente político, mas permaneceu como habitante importante do passado e do futuro da África do Sul. Vivia no vértice do tempo, encarnando a esperança de um povo, mas monumentalizado numa escala normalmente reservada aos mortos.
>
> **Rob Nixon, *Homelands, Harlem and Hollywood* (1994)**

Seguindo-se ao retrato de Mandela como ator exuberante, este capítulo examina seus anos de prisão de 1962 a 1990, especialmente o período na Prisão de Segurança Máxima da Ilha Robben, mas também em Pollsmoor e Victor Vester, período bruscamente apartado da vitalidade dos anos 50, mas igualmente significativo para sua formação. É importante lembrar que Mandela ficou preso por mais tempo do que seus mentores políticos Gandhi e Nehru – embora estes tenham sido presos com maior frequência. E mesmo o próprio tempo de cárcere de Mandela se caracterizou por traços muito contrastantes, que se dividem em três grupos.

Primeiro, como apontamos, havia as *qualidades espectrais* dominantes da vida na ilha, que vão desde os exemplos, de início quase inimagináveis, de cooperação entre presos e guardas, contrabalançados, em segundo lugar, pelo *regime* rígido e muitas vezes *brutal* da existência cotidiana. Em terceiro lugar, havia os importantes *aspectos transformadores* da reclusão, que surgem dessa combinação entre a corporeidade rude e a espectralidade a que é reduzido o humano. Esses aspectos estão contidos na atividade de cultivar, de extrair vida, cor, esperança e sustento da terra, que tanta importância teve para Mandela em seus 27,5 anos de prisão. A horticultura, como veio a se mostrar, oferecia-lhe um correspondente prático de suas concepções de mudança. Por meio do plantio e do cultivo, Mandela aprendeu a dar forma concreta a seus sonhos (e nisso, segundo a teórica Hélène Cixous, ele se assemelhava a muitos outros despossuídos).

Quando foi para a prisão, Mandela era um líder jovem, de opiniões fortes, estourado, propenso ao pedantismo, cheio de ideias derivativas – como ele mesmo ponderou com a esposa, numa carta de 20 de junho de 1970. Saiu desses anos de reclusão como homem reflexivo, disciplinado, capaz de forçar um consenso e, ainda assim, de fazer aflorar a humanidade do outro pela convicção e persistência. Qual foi a química entre o espiritual e o prosaico que gerou essa mudança? Pois não estava de maneira alguma previamente determinado que ele sairia da prisão tal como veio a acontecer: sério, majestoso, ponderado, excepcionalmente isento de amargura e ressentimento, com a segurança de que, como dizia, "uma simples exposição de princípios" lança luz sobre "verdades universais".

Os espectros e o regime

> Além das roupas, dos lençóis e urinóis, não tínhamos mais nada em nossas celas. Devíamos guardar silêncio absoluto em nossa seção. Nos finais de semana e nos feriados oficiais, ficávamos trancados 24 horas a fio, com trinta minutos de exercício de manhã e trinta minutos à tarde. Durante a semana, quebrávamos pedras no pátio ou trabalhávamos na pedreira, das oito da manhã às quatro da tarde. Éramos trancados às quatro e meia e jantávamos em nossas celas. Às oito da noite, todos tínhamos de estar dormindo. As luzes continuavam acesas durante toda a noite, e um guarda fechado conosco na seção mantinha-nos sob observação... do corredor.
>
> **Eddie Daniels, *There and Back* (1998)**

A Ilha Robben (ou também Ilha das Focas), que fica a cerca de dez quilômetros do centro da Cidade do Cabo, cercada por correntes marítimas traiçoeiras, era usada como local de desterro desde o começo da colonização holandesa. Tem toda a sua bagagem de histórias de assombração. Há o *Holandês voador*, o assustador navio fantasma, singrando suas águas, e a história do chefe espiritual malaio, o príncipe de Madura, que morreu ali (e cujo santuário fica perto da prisão). Há a freira afogada que aparece em época de cerração muito densa no Cabo das Tormentas. O primeiro desterrado na ilha foi o intérprete khoi Autshumao, em 1658, e o único que conseguiu fugir de lá. Nas guerras devastadoras do século XIX, disputando os territórios xhosas, as autoridades britânicas trancafiavam os rebeldes na ilha, entre eles um antepassado de Mandela, o chefe Makana. Já marcada como local de despejo dos excluídos da sociedade, a ilha abrigou uma colônia de leprosos e um manicômio entre 1844 e 1913. Vinte e nove navios naufragaram em suas costas.

Hoje, o "Patrimônio Mundial" da Ilha Robben, com o vilarejo, o cemitério dos leprosos e os dois blocos principais da penitenciária (que antigamente separavam presos comuns e presos políticos), tem o aspecto insipidamente prosaico de outros antigos locais de encarceramento e sofrimento: Dachau e Auschwitz, os entrepostos escravos da África Ocidental. Mas, por inócua e até antiquada que seja a aparência do lugar, não se pode esquecer que foi outrora vivido como um inferno claustrofóbico. Sem comodidades, sem contato com o mundo exterior, aparentemente sem esperança, assim era ele, como descrevem, entre outros, Neville Alexander e Ahmed Kathrada em suas memórias do cárcere, e como ainda evoca vividamente a peça *A ilha* (1974), de Fugard, Kani e Ntshona.

Durante o tempo que passaram nesse lugar de párias, excluídos da história, Mandela e seus camaradas se tornaram, para todos os fins, *fantasmas vivos* – para utilizar uma definição (usada em outro contexto) dos *Espectros de Marx*, de Jacques Derrida. Até o início da campanha Libertem Mandela, dos anos 80, eles, do ponto de vista do país, não estavam "presentes nem vivendo no presente". Analogamente, o país e o povo tinham se convertido em presenças distantes que, segundo todas as probabilidades, eles jamais tornariam a ver e, com toda a certeza, não voltariam a tocar, não na condição em que tinham se despedido: estavam condenados à prisão *perpétua*. Povoavam o passado e invocavam visões do futuro, mas o presente lhes estava vetado.

No transcorrer da década repressora de 1960, o desaparecimento dos noticiários na África do Sul foi tão completo que, como escreve o historiador Thomas Karis, o CNA, que fora desbaratado, tornou-se uma mera "sombra". O governo "queria que fôssemos esquecidos pelo mundo exterior", lembra Eddie Daniels, um dos prisioneiros da ilha. No estribilho do poema de homenagem do ganês Abena Busia, de 1990, "Testamento para os Primeiros Acusados", o líder do CNA, "ainda vivo", "ainda sem liberdade", sobrevive invisível na ilha, enquanto no cenário mundial se sucedem grandes acontecimentos da história pan-africana: a morte de Martin Luther King, a independência de Moçambique.

As celas individuais da Seção B da Ilha Robben, ao lado do pátio de concreto, onde eram mantidas as lideranças, são separadas por paredes grossas. Quando os presos eram trancados às quatro e meia da tarde, a comunicação entre as celas era praticamente impossível. Até meados dos anos 70, quando houve melhoria nos catres e nas roupas de cama, eles dormiam numa enxerga de sisal com dois cobertores grosseiros. Muitos tinham pavor dos finais de semana, quando ficavam em isolamento quase completo. Outros presos políticos ficavam em dormitórios coletivos superlotados no mesmo bloco e, ao contrário dos presos "de elite", ficavam expostos a agressões arbitrárias não só dos carcereiros, mas também dos presos comuns. A alimentação era igualmente pobre: para os africanos, basicamente mingau de amido de milho e um líquido aguado fermentado. Se os presos reclamassem da comida, sobretudo na forma mais usual da greve de fome, eram atacados. Em 1965, os presos, em vez de quebrar pedras no pátio, passaram a cortar calcário. Nos catorze anos seguintes, essa atividade ocupou todos os seus dias de trabalho.

Assim, não admira que muitos prisioneiros tivessem uma sensação constante de *desorientação* e *desencarnamento*, expulsos da sociedade e da história: em suma, reduzidos a espectros. Não só passavam longos períodos em silêncio como também não dispunham de nenhum relógio, o objeto mais básico para se regularem. Afastados do horário do resto do mundo, eram obrigados a se curvar ao regime horário do sistema carcerário, marcado por apitos e sirenes, pela contagem dos presos a cada meia hora e a lâmpada sempre acesa. Até 1979, não tinham acesso a jornais ou noticiários, outro meio importante para que uma comunidade se situe em relação ao desdobrar da história. Muitos surrupiavam jornais dos guardas, decoravam as notícias e as transmitiam oralmente, ou trocavam tabaco por jornais com os presos comuns, embora sofressem castigos severos se fossem descobertos.

Os presos da categoria D, a classificação com que os condenados de Rivonia começaram a cumprir a pena, tinham direito a uma carta e uma visita da família a cada seis meses. As cartas eram censuradas arbitrariamente, e os diários eram confiscados. Um terço do primeiro rascunho da autobiografia de Mandela – escrita à noite em 1975 e 1976, numa média de dez páginas por dia, transcrita por Maharaj e Chiba numa grafia minúscula –, que estava escondido em pastas enterradas no jardim do pátio, foi encontrado e confiscado. Sua "vida" lhe foi tirada muito concretamente – embora a maior parte tenha continuado escondida em outro lugar do jardim. (A cópia que saiu clandestinamente chegou à Inglaterra, mas não foi publicada.) Quanto às visitas, a divisória de vidro grosso entre a visita e o preso impossibilitava qualquer contato físico. Os familiares só podiam conversar em inglês, por um sistema de telefone com um guarda ouvindo num terceiro aparelho.

Embora o alto-comando da ilha mantivesse contato com o CNA no exílio através de mensagens secretas, a primeira maneira como os presos tomavam conhecimento de fatos essenciais no continente, como a revolta do Soweto, era através de omissões estranhas na rotina ou de castigos sem explicação. Nesse aspecto, também se sentiam apartados da história. Por exemplo, no dia da revolta, 16 de junho de 1976, o fornecimento de água quente foi inexplicavelmente cortado. Só por isso já foram capazes de deduzir que havia acontecido algo importante. Mandela escreveu a Winnie: "Às vezes me sinto como alguém à margem... perdendo a própria vida".

Um aspecto indissociável dessa existência fantasmagórica era o aguçamento da memória, como muitos comentaram. As imagens do passado saltavam como que dotadas de vida. Mandela disse: "Aqui o passado literalmente acorre à memória e há muito tempo para reflexão". Havia uma forte sensação de que os distantes estavam ali presentes, o que dava vividez aos sonhos, que não raro se tornavam dolorosos. A partir de 1976, Mandela passou a ser perseguido por um pesadelo recorrente de ansiedade, no qual ele voltava à sua antiga casa na 8115 Ngakane

Street, em Orlando, e o local estava abandonado. "Finalmente eu via minha casa, mas estava vazia, uma casa fantasma, com todas as portas e janelas abertas, mas sem ninguém ali." O pesadelo foi misteriosamente profético: a casa foi consumida pelo fogo em 1988 e perdeu-se o pedaço do bolo de casamento que Winnie guardara para a volta de Mandela. E, quando finalmente Mandela voltou à casa tão saudosa, foi para entender em questão de semanas que seu casamento chegara irreversivelmente ao fim: a imagem do sonho tinha sido um estranho prenúncio.

Nos primeiros anos, os presos não tinham autorização para conversar entre eles enquanto trabalhavam na pedreira, mas, com o tempo, a proibição se afrouxou. Essa mudança foi, em larga medida, resultado das reclamações constantes dos prisioneiros, os quais, sobretudo os da Seção B, experientes em fazer campanha política, não vacilavam em registrar e encaminhar as denúncias. No silêncio das celas, aprenderam metodicamente o quanto ganhariam em termos de apoio moral e pedagógico com um *diálogo estruturado*, principalmente com os colegas de prisão. De meados dos anos 60 em diante, com a concessão de

18. O lado sul do pátio da Seção B na Ilha Robben, onde ficava a horta que Mandela cultivava junto com Laloo Chiba.

privilégios para estudar, os presos com maior instrução formal começaram a disseminar teoria econômica e a história do CNA aos colegas, em aulas *sotto voce* enquanto cortavam calcário. Embora esses privilégios pudessem ser suspensos arbitrariamente, em 1969 já se estabelecera uma espécie de *vida carcerária coletiva*, com grupos de discussão regulares e, aos domingos, esportes e jogos de tabuleiro. Para "comprar" tempo de leitura na cela, Mandela concebeu um sistema de subornar os carcereiros entediados do turno da noite, passando-lhes exemplares da revista feminina de economia doméstica, a *Huisgenoot* (à qual tinha acesso por causa dos estudos de africâner).

Fruto do sistema de ensino das escolas missionárias, Mandela, ao que parece, considerou que conseguiria sobreviver melhor aos rigores da Ilha Robben se os *interiorizasse*. Era conhecido entre os colegas de prisão por ter feito essa interiorização com êxito quase total, exceto nas raras vezes em que registrava alguma afronta ou aflição pessoal. Nessa interiorização – nessa sua "lógica", como diz Wole Soyinka – é possível enxergar a reação clássica da criança que cedo é separada de seu ambiente familiar: o cultivo interno de um endurecimento de aço se tornou um mecanismo essencial de sobrevivência, o qual Mandela utilizou sem hesitação no cárcere. Os colegas, inclusive amigos próximos como Kathrada, notaram como se intensificou sua atitude distante e impenetrável ao longo dos anos na ilha: como canalizava a raiva para as discussões intelectuais, como observava as autoridades carcerárias com olhos de falcão. Se, quando estudante, incorporara a ética vitoriana de trabalho; se, como advogado, praticamente se recriara através da autodisciplina (como na rotina dos noventa minutos de ginástica), agora ele procurava *encarnar* esse endurecimento.

Apenas de vez em quando, principalmente quando refletia sobre as relações familiares nas cartas para casa, ele confessava que ainda era insuficiente aquele "aço" de que precisava. A Frieda Matthews, amiga da família, ele falou sobre as "mil feridas" que um homem podia carregar no coração. Eddie Daniels comentou que, às vezes, ele se enrolava com força num cobertor, como que para cauterizar uma dor interna. Com amigos de confiança como Daniels, gostava de citar "Invictus" como um correlato de sua sobrevivência pelo rigor. Entre os demais frutos da lavra de Henley, o imperialista de perna amputada, está *For England's Sake* [Pelo bem da Inglaterra], uma coletânea chauvinista publicada para atiçar o ardor britânico na Guerra dos Bôeres. Mas em "Invictus", tomado em si, Mandela encontrou sua ética vitoriana do autodomínio numa formulação irresistível, enquadrada num esquema rigoroso de rimas, com base em substantivos fortes e monossilábicos. Era um pequeno passo entre adotar esse poema e assumir o papel de um personagem vitoriano, como Mandela fazia em cartas aos filhos. Ele gostava de exortá-los para que se empenhassem sempre mais, reiterando que a ambição e o ímpeto eram as únicas maneiras de escapar a uma "posição inferior" na vida.

No entanto, como descobriram muitos dos prisioneiros, era naquele ambiente tremendamente abstrato, mas também altamente disciplinado, que era possível, muito mais do que no alvoroço político do Soweto, examinar solidamente e analisar meticulosamente as ideias, exploradas em detalhe nas discussões. Era em relação com a dimensão fantasmagórica da mera sobrevivência – a dimensão das gerações passadas e futuras de Derrida, mas também dos prisioneiros perpétuos – que os conceitos de justiça e dignidade eram apreendidos com máxima clareza, sem as restrições impostas pelas circunstâncias da vida normal e finita. Como escreveu o próprio Mandela num ensaio de grande importância, "Libertação Nacional": "[Aqui] é possível recuar e olhar todo o movimento à distância".

Em outros termos, a Ilha Robben confinou Mandela no *campo do simbólico*, que já aprendera antes a manipular habilmente para suas finalidades no exercício da advocacia. Agora encontrava nesse campo um meio no qual seu intelecto político podia trafegar com especial facilidade, como quando procurava abordar as perspectivas alheias, inclusive de seus carcereiros, tomando-as em seus próprios termos, ou se identificava em diversos níveis com Creonte e Antígona, na montagem da peça epônima de Sófocles na prisão. Era conhecido entre os amigos de cárcere pela tendência de passar dias pensando no movimento que faria num jogo de xadrez: seu estilo era "vagaroso", sua estratégia "conservadora", como ele mesmo reconhecia. Também era conhecido pela paciência com que mantinha o debate com um interlocutor, baseando-se em sua capacidade de ouvir e reservar seu juízo, de corroborar a posição do outro com comentários ocasionais, levando-o gradualmente a admitir um terreno em comum.

Uma vez, quando expunha ao líder da SWAPO Toivo ja Toivo como funcionavam os debates na ilha, Mandela lhe recomendou, como incentivo, "envolver todo mundo na conversa, durante a qual ele poderia colocar aspectos políticos". Debates especialmente difíceis, como entre o CNA e o CPA ou, mais tarde, com os militantes da Consciência Negra, Mandela gostava de imaginar literalmente em 3D, como uma peça encenada num teatro. Essa capacidade de manter um foco prolongado se aprofundou ainda mais, se possível, no decorrer dos anos, conforme ele desenvolvia uma nova sensibilidade às necessidades dos outros. (De fato, como têm sugerido os críticos, a partir de então Mandela iria concluir que a maior parte dos problemas, inclusive questões econômicas complexas pós-apartheid, poderia ser solucionada pela cuidadosa ponderação das diferentes opções, como se o problema fosse um impasse num jogo de tabuleiro na ilha.)

Podem-se ver sinais da abstração mental dos presos da ilha no estado quase intacto dos livros de direito de Mandela. Embora aqueles grossos volumes tragam, em sua maioria, marcas de leitura e estejam cuidadosamente encapados com plástico, as "notas" de Mandela se restringem a um ocasional tiquezinho na margem, como que assinalando um ponto da leitura. Os presos costumavam evitar anotações para não sofrer censura, mas aqui era como se a casuística ou a jurisprudência fosse lida apenas em si e por si, em princípio, como um código afastado das considerações concretas.

Observação da autora sobre os livros de direito de Mandela, Arquivo da Mauyibuye-Robben Island (2006)

Era também em grupo que os presos da Seção B se entregavam ao gosto de explorar ideias – justiça, democracia, liberdade – quase indefinidamente. Viam que o regime de proximidade e silêncio forçado os levava a estabelecer regras de decoro ao enfrentarem suas diferenças políticas, enquanto a modalidade do diálogo disciplinado que desenvolveram entre eles proporcionava um novo senso de autoridade intelectual. Os presos políticos de escalão mais baixo ajudavam na discussão copiando excertos literais de história e ciência política, para distribuir entre o grupo mais amplo (prática que prosseguiu até a saída dos últimos presos políticos da ilha). Na posição de espectros subtraídos ao tempo – da família, do sexo, do trabalho, do consumo –, mas com o tempo nas mãos, os presos também conseguiam ganhar perspectiva dos pontos de vista diferentes. Dentro do ritmo invariável dos dias na ilha, era possível reformular interminavelmente as posições, que acabavam sendo sutilmente revistas em suas relações mútuas. A recapitulação, sendo inevitável, era aceitável e esclarecedora, sobretudo quando os pontos de vista eram diametralmente opostos.

Em suma, a situação na prisão permitia que esses homens intelectualmente disciplinados e politicamente calejados refletissem sobre problemas e processos políticos (resistência, negociação) em todos os detalhes e de todos os ângulos possíveis, literalmente por anos a fio. Como sugere Fran Buntman em seu estudo da Ilha Robben, o empenho dos presos em montar um microcosmo político ordenado transformou o encarceramento, experiência reativa e proibitiva, num *contrato social produtivo*. Seus métodos – os códigos de conduta dialógica que estabeleceram – se demonstrariam fundamentais para o *conceito de negociação* a que chegou Mandela em meados dos anos 80.

Essencialmente, a Seção B constituía em si mesma nada menos que um centro de debates ou um grupo normal de seminários, coisa que o Estado segregacionista não previra, certamente não antes da transferência de Mandela para Pollsmoor. Tal como seu grupo de amigos de Rivonia, na maioria muito instruídos, aqui Mandela estava cercado por membros dos outros partidos de libertação, em particular o CPA, mas também maoístas e trotskistas, igualmente empenhados em estudar o processo político, discutir mudanças e mapear zonas de concordância. Como admitiu rispidamente o ministro da Justiça Kobie Coetsee, "o verdadeiro efeito [de reuni-los na Ilha Robben] foi constituí-los".

> Não há nada como um longo tempo na prisão para dar concentração à mente e levá-lo a uma avaliação mais ponderada das realidades da sociedade.
>
> **Mandela ao Grupo de Pessoas Eminentes do Commonwealth, 1986**

Mas descrever a "Universidade" da Ilha Robben com ênfase sobre o debate estruturado não equivale a sugerir que existia uma perpétua concórdia socrática. Nas décadas de 60 e 70, Mandela divergia vigorosamente dos marxistas radicais como Mbeki e Gwala sobre questões como o lugar do nacionalismo na luta socialista e os méritos do "golpe" violento em lugar da negociação. Sobretudo após 1976, com a chegada dos presos da Consciência Negra, muitas vezes as discussões eram extremamente acaloradas. Mandela se concentrava em conversar por entre as diferenças do CNA com o MCN exclusivista com uma dedicação inabalável, que granjeava o respeito dos novos presos em vista de seu racionalismo e compreensão do ardor juvenil que os movia. Viam em Mandela, como recordou Seth Mazibuko, como o "instrumento brilhante e reluzente" da autodisciplina poderia moldar o futuro.

As laboriosas deliberações no cárcere parecem ter aguçado a certeza dos presos de que acabariam vitoriosos. Um relatório do Ministério da Justiça sobre Mandela, em 1981, observava que a reclusão não conseguira afetar seu idealismo nem desgastar sua autoconfiança. Mandela nunca duvidou de que seu tempo de vida ativa coincidiria com a escala temporal da transformação fundamental. Os processos de introspecção lenta e deliberada, tentando entender os pontos de vista alheios, também lhe trouxeram a importante percepção de que o apartheid não representava simplesmente um caso de repressão colonial pura e simples, mas trazia em si a luta nacionalista defensiva do *volk* africâner para conservar o poder conquistado a duras penas. Assim, era necessário que o CNA lidasse frontalmente com essa posição defensiva. Sobretudo as discussões com os carcereiros parecem ter reforçado a convicção de Mandela quanto às vantagens de um movimento de resistência de múltiplas frentes. Em 1981 ou 1985, tal como em 1964 ou mesmo em 1952, a luta armada, a seu ver, devia ser empreendida *junto* com a mobilização de massa. Quando pôde ter acesso a jornais e livros de história política, Mandela viu, pelo destino dos movimentos pela independência em outros lugares da África, como era difícil para um movimento anticolonial vir a se institucionalizar como partido político após a independência. Daí a necessidade de tentar ajustes e conciliações com o partido no poder.

Mas os jogos dialógicos de posição e manobra não eram a única distração de Mandela na rotina da prisão. Assim como as alegrias secretas de suas cartas para casa, mais tarde, em Pollsmoor e Victor Verster, havia os pequenos prazeres oferecidos por amigos e guardas, como bolinhos de peixe e ovos escaldados no café da manhã, além de biscoitos Romany Cream. Ele gostava especialmente dos *biriyanis** que Kathrada fazia, que lhe recordavam a comida que os ativistas do Congresso Indiano lhe forneciam na época da clandestinidade. A natureza da ilha também lhe servia de pungente fonte de inspiração: o panorama marítimo, as aves marinhas, os ventos fortes que varriam

* Prato à base de arroz e especiarias. (N.E.)

a paisagem. Uma vez, os presos tiveram autorização de sair para o pátio da prisão à noite, e aquela rara vista do céu noturno ficou na memória de muitos deles, como uma revelação. Por fim, para Mandela em particular, havia o consolo que lhe era dado pelo passatempo da jardinagem, no qual sua propensão para deliberações lentas e cuidadosas podia se expressar externamente nos processos vagarosos do solo e das sementes.

A transformação em jardim

> Tua paciência se faz desumana, Mandela.
> Plantas alimentos? Fazes amizade
> Com ratos e lagartos? Medes a grama
> A crescer pelo ritmo vagaroso do tempo?
> És agora especialista em palavras cruzadas?
>
> **Wole Soyinka, "Your Logic Frightens Me, Mandela",** ***Mandela's Earth*** **(1988)**

Em seu poema "Your Logic Frightens Me, Mandela" [Tua lógica me assusta, Mandela], muitas vezes citado, o poeta Soyinka imagina o preso político famoso em todo o mundo cultivando a paciência e aguçando seu idealismo com a capacidade de observação serena exigida de hortelões e jardineiros. As especulações de Soyinka eram verdadeiras: na aridez da Ilha Robben, Mandela começara uma horta com jardim.

Visto que muitas horas de reclusão eram passadas num isolamento introspectivo, a jardinagem adquiriu importância especial para Mandela, bem como para outros presos políticos, como elo com o mundo material. A atividade de trabalhar a terra, de manter contato com o solo, corroborava de muitas maneiras os processos de regeneração que pretendia: além de entretenimento e distração, a jardinagem oferecia analogias concretas para as estratégias de transformação política que Mandela esboçava mentalmente. Esta seção, que concede atenção especial à importância da jardinagem na prisão, examina a alquimia mandeliana da *liberdade através da reconstrução* (e não da revolução).

Mandela tinha alguma experiência de plantio desde a época no Instituto de Clarkebury e por ter cuidado da horta em Liliesleaf Farm, na Rivonia, onde usava como disfarce o nome de David Motsamayi. Na autobiografia, ele comentava que o trabalho em Clarkebury, ajudando a cuidar da horta do reverendo Harris, não só "semeou em mim um amor duradouro por... cultivar legumes", mas também, muito importante, permitiu um contato humano mais próximo do que era possível naqueles parâmetros de cooperação: "ajudou-me a conhecer o reverendo e sua família".

Baseando-se nessas experiências anteriores, Mandela na Ilha Robben procedeu como havia decidido se tornar guerrilheiro em 1961/1962: sistematicamente, seguindo as regras, "lendo e conversando com os especialistas". Em meados dos anos 70, ele e o comandante da MK Laloo Chiba, famoso pela ótima mão que tinha para as plantas, tiveram autorização de usar uma faixa de terra nua no final do pátio concretado da prisão, formando ângulo reto com o corredor da Seção B (Figura 18). Além de ler todos os manuais a que conseguia acesso, Mandela começou a medir os canteiros e a pesar e triturar adubos compostos. A horta seria produtiva, não meramente ornamental: plantavam-se verduras e legumes para os presos. Os guardas foram persuadidos a fornecer as sementes (embora, mais tarde, não se abstivessem de saquear a horta quando os presos estavam nas celas).

Não demorou muito para que a horta operasse em larga escala. No final de 1975, Mandela, Chiba e seus ajudantes haviam cultivado dois mil pés de pimentão, mil de tomate e dois de melancia, além de pepinos e pimentas. Numa foto da cela de Mandela, tirada naquela época, aparecem tomates e pimentas em cima da estante, esperando amadurecer. Incluída como imagem central na coletânea de fotos de arquivo *A Prisoner in the Garden* (2004), a foto de Mandela como hortelão da prisão, em 1977, foi tirada contra sua vontade, num local que não era o de sua horta, mas também representa uma boa imagem daquela época (Figura 19). Aqui vemos o preso político reivindicando um pedaço de chão, seu torrão na ilha, uma parte de sua nação, por torná-lo produtivo. Aos olhos do mundo, pode ser um homem invisível, mas em sua pequena horta ele está ali empenhado, em seu ser imediato, ocupando plenamente o momento presente.

19. O prisioneiro na horta da ilha: uma foto tirada em 1977 mostra Mandela (entre outros) em pleno trabalho de jardinagem.

Apesar das condições inicialmente pouco promissoras, a mudança para as celas sobre a laje de concreto da Prisão de Pollsmoor interrompeu, mas não encerrou as atividades hortícolas de Mandela. O Prisioneiro D220/82 (que o 466/64 agora passara a ser) se dedicou a amenizar a monotonia cinza da laje criando uma "horta no céu", com dezesseis tambores de óleo de duzentos litros cortados ao meio, que encheu com terra trazida da horta comercial da prisão. Aqui também ele observava obsessivamente o crescimento das plantas, que acabaram chegando a novecentas, com o auxílio dos colegas de Rivonia. E aqui também os guardas, inclusive o diretor da prisão, forneciam sementes e ajudavam erguendo telas de juta como proteção contra o vento. Tal como na autobiografia, o carcereiro James Gregory comentou:

> Por fim, no pico da safra, havia uma variedade enorme de plantas na seção de vegetais: berinjela, repolho, feijão, espinafre, cenoura, pepino, cebola, brócolis, alface, muitas variedades de tomate... e muitos tipos de temperos.

Mandela dava sacolas cheias de verduras e legumes frescos aos guardas e abastecia a cozinha com produtos para refeições "especiais" de domingo. Ele conta que a horticultura lhe dava uma sensação quase divina de remodelar o mundo. "A Bíblia nos diz que os jardins eram anteriores aos jardineiros, mas não foi este o caso em Pollsmoor": aqui ele criou uma horta "muito mais grandiosa" do que a da Ilha Robben.

No último local de encarceramento, foi criada uma área de cultivo para o uso exclusivo de Mandela. O chalé do vice-diretor em Victor Verster já tinha um jardim "idílico" para cuidar, embora tenham erguido uma parede de proteção para ocultar suas atividades aos passantes. Mesmo no dia da libertação, ele reservou um tempo para mostrar aos parentes e amigos os vegetais e, agora, também as flores que cultivara.

Como explicar a importância contínua da jardinagem para o preso Mandela? De um lado, pela perspectiva de um suposto "menino do campo", os prazeres de trabalhar na terra certamente evocavam o ambiente rural de sua infância, citado em termos saudosos nas cartas. De outro lado, na horta ele podia praticar a prudência, a autossuficiência e o planejamento previdente. A etimologia da palavra *husbandry* ("pequena agricultura de subsistência") significa ao mesmo tempo cultivo e uma boa administração (*OED*) – especificamente, no caso de Mandela, construir cooperação e independência a partir de condições improdutivas. No isolamento espectral imposto pela condenação à prisão perpétua, a jardinagem também permitia que o preso explorasse o *espírito* de certas ideias fundamentais – regeneração e reconstrução, por exemplo – num meio material *arenoso* que reforçava o valor da *resolução.*

É significativo, embora provavelmente não passe de uma coincidência, que dois grandes romances sul-africanos desse período, *A Question of Power,* de Bessie Head (1974), e *Vida e época de Michael K,* de J. M. Coetzee (1983), encontrem no cultivo da terra um símbolo poderoso da resistência e da nova vida. Num país lacerado pelo conflito, a distração da jardinagem podia, naturalmente, representar uma atitude questionável de recusa à política, mas também significava uma posição de onde seria possível superar o conflito e remodelar o mundo, mesmo que numa escala miúda.

Em *A Question of Power,* o "trabalho em tempo integral" num projeto de horta comunitária representa uma terapia psicológica após um período torturante de loucura. Ao catalogar, semear, cultivar, regar – groselhas, tomates, couves-flores –, a protagonista Elizabeth descobre uma confirmação da normalidade que lhe abre o coração a um sentimento de unidade com a espécie humana. O personagem K de Coetzee, um errante "Hortelão, Nível 1", fugindo de uma sucessão de instituições e campos de internamento, encontra no cultivo "exultante" de suas abóboras, morangas e melões um meio de subsistência transitória, fonte importante de continuidade entre o passado e o presente, a terra e a vida animal. Para ele, o cultivo também é, significativamente, uma maneira de escapar aos campos que ameaçam encerrá-lo.

Cultivando um pedaço de terra – descobrindo um amor pelo solo e pelo plantio em comum com seus carcereiros –, Mandela desenvolveu percepções importantes sobre as qualidades da paciência e da cooperação, bem como das *adaptações e aceitações*, necessárias numa posição de domínio, inclusive de autodomínio. Ele comentou:

> Na prisão, uma horta é uma das poucas coisas que você pode realmente dominar e considerar sua. [...] A sensação de ser o administrador desse pedaço minúsculo de terra é um pequeno sabor de liberdade.

Além de proporcionar um santuário de afirmação da vida, afastado do mundo mórbido da prisão, ainda que encerrado dentro dele, a administração de uma horta, em outras palavras, podia assumir alguns traços da formação de uma comunidade autossuficiente ou da *criação de uma nação* – além da reconstituição de uma identidade. Fazendo brotar vida da terra, Mandela viu que a mera rudeza seria inimiga da unidade nacional: a lei sempre seria mais construtiva do que a guerra. Numa carta de 1976, foi sugestivo que usasse a imagem de uma planta em crescimento como símbolo do trabalho político.

Num plano intersubjetivo, também, a horticultura oferecia um espaço onde era possível cultivar interesses comuns entre prisioneiros e carcereiros e explorar a permanente convicção de Mandela de que "todos os homens têm um fundo de decência". Provavelmente é válido dizer que a horticultura, essa oportunidade única de atividade "livre" e construtiva, tornou-se a dimensão primária por meio da qual Mandela percebeu que o reconhecimento mútuo da *humanidade* – o conceito regenerativo de *ubuntu* – era essencial para a transformação nacional. Reunindo essas diversas perspectivas, vemos que foi na prisão que ele abandonou decisivamente as ideias previamente recebidas que tomavam a luta política como conflito polarizado em termos raciais.

Se aceitamos que a atividade agrícola de Mandela contribuiu para que forjasse um novo entendimento político da África do Sul, discernimos nesse processo um exemplo de como ele transformou sua *prática* numa *teoria* da reconciliação nacional, coisa que constitui uma de suas realizações mais importantes. Assim como Mandela trabalhou para converter a "cultura do diálogo" (expressão de Soyinka) na prisão numa estratégia de negociação, o trabalho prático da horticultura também se traduziu na atenção cuidadosa com que abordava os interlocutores do governo, apresentando-lhes suas ideias, deixando que falassem, consultando-se com o CNA.

O estudo da historiadora Antoinette Burton sobre a relação entre o espaço doméstico e o desenrolar da história pública sugere que a estrutura fechada do ambiente em que vive o indivíduo determina a maneira como ele entende a família e a vida nacional. Sua teoria se refere às mulheres indianas, mas também pode ser aplicada à maneira como um preso político como Mandela, com longo tempo no cárcere, interagia com a história nacional nas condições espartanas de sua cela: como extraía regras de ação a partir do trabalho nos espaços confinados, mas adaptáveis e criativos, dos canteiros de sua horta.

Certa vez, Mac Maharaj resumiu o estilo de debate de seu líder como "avançando a partir dos postulados *deles* e reunindo cuidadosamente argumentos para levá-los a suas conclusões. Sua linha de avanço se desenvolvia seguindo a linha de ataque do outro lado": era uma abordagem intensamente estratégica e especializada. Como isso sugere, encarcerado junto com um grupo de interlocutores de confiança, empenhados num diálogo a dois, a situação de Mandela moldou as regras de suas relações com o governo africâner. Moldou os parâmetros – tolerantes, dirigidos ao outro, determinados e dissimulados, mas em aberto – pelos quais começou a traçar o caminho para uma paz nacional.

Tal cela, tal horta. Seus projetos de horticultura o ensinaram a proceder com cautela, mas também de modo produtivo. O indivíduo que antes, como líder político na clandestinidade, não tinha vida doméstica e certamente nenhum tempo para cuidar de um jardim, agora aprendia a apreciar o valor do vagar, da proximidade, da percepção tátil, bem como da mudança gradual e dos laços simples da cooperação humana. Nisso há uma analogia parcial com Gandhi, que recorria à tarefa feminina de fiar *khadi* para expor sua política. Mas, no caso de Mandela, a horticultura não era uma atuação pública, uma posição política madura ou uma declaração sobre a questão dos sexos. A posição de reformismo pragmático a que ele chegou por meio da horticultura e dos diálogos na prisão foi aprendida de modo intuitivo, dia a dia, na prática, sem ostentação. Além disso, como aquele espaço confinado, seu "lar" permanente, não era caseiro nem acolhedor, ele desenvolveu uma relação especialmente íntima, até como uma espécie de propriedade, com seu lar nacional mais amplo, a África do Sul, a ponto de agir unilateralmente quando chegou o momento de salvar aquele lar da guerra civil.

Chegue lá
Um belo dia
Onde nunca dantes
Quer dizer
Não importa onde
Não importa quando

Samuel Beckett, "Brief Dream", in *For Nelson Mandela* (1986)

Capítulo 8
O legado ético de Mandela

Em *Bildungsroman*, *Mandela's Ego*, de Lewis Nkosi (2006), o garoto zulu Dumisa cresce sentindo Mandela como um segundo pai e mentor de sua vida – o espírito familiar invisível moldando as diversas etapas de sua existência. Grande parte dos sul-africanos poderia se identificar com Dumisa. Mandela é o mito pelo qual viveram e, em alguns casos, morreram. Seu legado se estende por todos os aspectos da vida deles, como uma espécie de música que perpassa tudo, mas o país tão populoso do século XXI precisa, ao mesmo tempo, olhar para um futuro além de Mandela. Nas palavras do jornalista Sandile Dikeni: "Meu povo é todo este, e seu nome coletivo é maior do que o de Nelson Mandela".

Na frente das câmaras do Parlamento outrora presidido por Nelson Mandela, na Cidade do Cabo, um camelô tem uma banquinha à sombra dos velhos carvalhos históricos. É um entre as dezenas de camelôs que ficam aqui no jardim da antiga Companhia Holandesa das Índias Orientais. Um pouco adiante, numa das ironias da proximidade histórica, fica uma estátua do imperialista Cecil John Rhodes apontando para o norte da África, com a inscrição "Olha o teu interior". O camelô diz que tem orgulho de seus artigos. Não, não são peças de batique, explica ele, são panos tratados com chá de *rooibos* de intensidade variada. O tema desses tecidos tingidos, de preços inacessíveis aos moradores locais, é a vida selvagem africana. O único tema humano é Nelson Mandela, seu rosto de frente, cheio de esperança, fitando a África do Sul numa perspectiva seguindo os marcos de Rhodes.

**

Treme a terra, senhores!
Rugem todos os rios
Abalam-se todas as montanhas
Grandes nações se assombram,
Pois pequenas nações se agitam,
Se retorcem, lutam para romper os grilhões.
Sim, a terra treme,
Sim, a terra treme.
[...]
Machado nos espinheiros,
que ceifa entre a ignorância;
colosso que abarca a terra;
braço que embala o solo,
chanti que o cativa,
cobra que nada pelo Vaal
e se abebera no Zambeze;
servidor das nações da África.

***Imbongi* David Manisi, canto em louvor ao "Chefe Rolihlahla Nelson Mandela (Salve, Terremoto!)", 1954**

Em 1994, Nelson Mandela e seu Governo da Unidade Nacional fundaram a nova república sul-africana com base na justiça social, na reconciliação racial e num humanismo pós-colonial reformulado. "O sol nunca se porá sobre uma realização humana tão gloriosa", foi como Mandela encerrou com otimismo seu discurso de posse em 10 de maio. Mas, como traía sua fervorosa insistência na época, e muito embora suas credenciais de luta lhe permitissem falar diretamente a seu povo, os alicerces de sua república ética eram frágeis. Os cidadãos sul-africanos, em sua maioria, não tinham o menor hábito em operar dentro de estruturas democráticas, e a economia do país não estava passando por uma reconstrução, enquanto os brancos continuavam a controlar o grosso do capital sul-africano.

Quase uma década depois da saída de Mandela como primeiro presidente democrático, ainda é difícil condensar seu legado. Isso se deve, em larga medida, à multiplicidade de suas realizações, mas também, em parte, aos problemas do novo Estado sul-africano em lidar com as extremas desigualdades do passado. E também é consequência do fato de que, embora louvado como paladino da *liderança ética*, gigante moral, símbolo da integridade em tempos sombrios, ao mesmo tempo Mandela foi, como vimos, um *ator consumado*. Seu talento especial era aparecer a diferentes públicos numa gama de papéis convincentes.

Durante o mandato de presidente, Mandela continuou a ser, em muitos aspectos, o *showman* urbano, a quem não bastava ser gentil e encantador com todos, mas também precisava ser reconhecido e até elogiado como tal. Um exemplo pós-1994 dessa sua versatilidade foi ter aconselhado seu governo a seguir uma política externa ética, porém fechando os olhos à venda de armas sul-africanas para países como a Argélia e a Colômbia, com histórico de violações dos direitos humanos, mas cujos líderes tinham sido simpatizantes do CNA. Antes disso, também, quando estava na prisão, segundo James Sanders em *Apartheid's Friends*, Mandela visivelmente adotou posições diferentes em relação ao apoio de sua então esposa ao uso dos colares-pneus, conforme o interlocutor a quem se dirigia. Em vista de tais incoerências, como o futuro irá avaliar Madiba? Por difícil que seja especular sem suficiente recuo histórico, como esse personagem carismático, embora às vezes maquiavélico, será visto daqui a cinquenta ou cem anos?

Mesmo já decorridos vários anos no novo milênio, não há dúvidas de que a reputação conquistada por Mandela no final do século passado como combatente da liberdade e fundador de um novo Estado democrático continua inabalada. Mas os guardiões de sua reputação continuam a consolidar seu legado com grande afinco, usando todas as formas de materiais hagiográficos, como "retratos" em mesinhas de café e livros infantis, e por meio de suas várias fundações e entidades beneficentes. Esse empenho em dourar seu nome já tão reluzente sugere que talvez suas contribuições históricas não sejam invulneráveis à crítica. Potencialmente, Mandela tem poderosos detratores, tanto radicais quanto de direita, embora no momento reservem seus ataques por respeito à idade avançada do Velho.

> Se desempenhei algum papel significativo, foi como um veículo por meio do qual a luta foi apresentada à nação e ao mundo. A luta precisava ter um símbolo para ser eficaz. Os grandes homens e mulheres da luta me escolheram para ser esse símbolo. Se foi uma boa coisa, o elogio cabe aos que fizeram a escolha.
>
> **Nelson Mandela, em entrevista a Oprah Winfrey (abril de 2001)**

Mandela foi um líder que tentou ser tudo para todos: este é um campo suscetível a uma reavaliação crítica. Era um nacionalista africano entre os nacionalistas africanos, um socialista na relação com seus colegas do PCSA, um patriota sul-africano quando em diálogo com africâneres. Foi o candidato presidencial que, durante a campanha em 1994, negou a epidemia de HIV/AIDS que surgia na África do Sul para não perder votos para o CNA, já com popularidade maciça. Para P. W. Botha, ele era o cavalheiro africano que conhecia a história africâner. Para Fidel Castro, praticamente na mesma época, ele continuava a ser um bravo revolucionário e leal camarada de armas. Mandela era quem seu público queria que ele fosse, um reflexo de suas melhores aspirações.

Em certos pontos, porém, quando julgava historicamente conveniente, Mandela não hesitava em impor suas posições, fosse aos aliados ou aos adversários. Essa mescla de *maleabilidade* com ocasionais impulsos autoritários, de ampla receptividade com uma *vontade individualista* esporadicamente intransigente, era em certa medida determinada por sua preocupação principal em alcançar uma harmonia social. Procurava não ignorar as diferenças, assim como tentava estabelecer códigos morais que pudessem ter maior ou menor concordância de todos. Sobre assuntos de interesse comum (luta armada, negociação, reconciliação), ele sabia falar clara e diretamente a seu povo. Mas, em algumas situações, sua construção do consenso significava que, controversamente, ele se dava ao trabalho de enxergar o conflito do ponto de vista do *outro*, e não só de seu próprio partido.

Continua evidente que devemos procurar o legado permanente da luta de Mandela pela liberdade no campo do ético, e não do econômico, do simbólico, e não do material. Ele representou uma grande causa, a luta contra o apartheid. Respondeu à necessidade extrema de redenção de seu país e à forte tradição dos mitos milenaristas apresentando-se na figura de salvador. Nacional e internacionalmente, ele é visto como um gigante ético sobranceando o século XX. Em termos mais práticos, demonstrou ser, ao longo da vida, um estrategista com visão de longo alcance na defesa da liberdade política e vigoroso intelectual ativista que se distinguia por finas intuições morais. Nunca deixou de avaliar, rever e reformular mais claramente suas reivindicações políticas, sempre mantendo-se consciente da necessidade sul-africana do mito libertador que ele mesmo encarnava. Se Ghassan Hage tem razão em sugerir que uma nação fornece a seus cidadãos um senso de direito cívico na medida em que lhes permite esperanças para o futuro, então uma das grandes realizações de Mandela foi ter desenhado novas possibilidades de esperança para todos os cidadãos sul-africanos, tanto os temíveis brancos quanto os não brancos despossuídos.

Mas Mandela também foi um *arquiteto da conciliação* – quase inevitavelmente. Nesse aspecto, sua caminhada contínua até a liberdade chegou, em algumas áreas, a becos sem saída. Não insistiu no Estado socialista que fora proclamado pela Carta da Liberdade de 1955 e que ainda dizia esposar no começo dos anos 90. Não decidiu fundar as novas igualdades políticas do país sobre as bases das políticas sociais e econômicas que anulariam os padrões de desenvolvimento desigual profundamente arraigados. A África do Sul atual continua recortada por margens e zonas exclusivas, embora, na política externa, tenha

20. *A última ceia*, de Rebecca Goldberg, 2007. Nesse divertido pastiche do quadro de Leonardo da Vinci, líderes sul-africanos de várias linhas políticas do século XX se reúnem em torno da figura de Mandela como salvador.

desempenhado com êxito o papel de mediador de várias iniciativas multilaterais. Como observa Neville Alexander, o acordo negociado a que Mandela presidiu impediu a realização de algumas das mais modestas promessas eleitorais de reconstrução. A pergunta, evidentemente, é: Mandela ou seu governo poderia em algum momento ter honrado tais promessas? A abolição do apartheid representou um projeto de imensa ambição, envolvendo uma mudança completa do regime em todos os níveis. Alguns podem argumentar que, no contexto pós-Guerra Fria, a experiência democrática na África do Sul, para ter êxito, exigia um pacto faustiano de adaptação ao sistema neoliberal mundial – isto é, como também reconhece Hage, a nova esperança funciona bem com o capitalismo.

> Percorri aquela longa estrada até a liberdade. Tentei não tropeçar; dei passos errados durante o caminho. Mas descobri o segredo de que, após escalar um grande monte, apenas constata-se que há muitos outros montes a escalar. Parei um momento aqui para descansar, para dar uma olhada no glorioso panorama que me cerca, para olhar a distância de onde vim. Mas posso descansar apenas um momento, pois com a liberdade vêm as responsabilidades e não ouso me demorar, pois minha longa caminhada ainda não terminou.
>
> **Nelson Mandela, último parágrafo, *Longa caminhada até a liberdade* (1995)**

Visão humanista

Em pontos cruciais da carreira, Mandela se ergueu como a figura encarnando exatamente as posições políticas e éticas que trabalhava para atingir: a justiça, o não racialismo, o entendimento social. Nos discursos, utilizava as experiências pessoais para ilustrar sua política e, tanto antes quanto depois da prisão, não hesitava em moldar sua imagem política para adequá-la às suas representações na mídia, quando isso favorecesse sua causa. O partido corroborava esse processo, colocando o mito de Madiba como líder nacional redentor como peça central de sua autolegitimação ideológica. Para os conterrâneos, ele se tornou um *campo de força do imaginário*, onde todo um leque de diferentes eleitorados poderia investir significados. Em vários romances sul-africanos recentes, como *The Cry of Winnie Mandela* (2003), de Ndebele, *Bitter Fruit* (2003), de Dangor, e *Mandela's Ego* (2006), Mandela aparece ora como lenda intimidadora, ora como autoridade benevolente.

Como este livro demonstra, *Mandela, a vida* quer atrair uma leitura metafórica. A meu ver, a biografia pede para ser lida criticamente como uma prática pós-colonial, isto é, como uma teoria da resistência política e da transformação social *em ação*, como a afirmação de um *novo humanismo*. Se o colonialismo inclui afastar os seres humanos de suas inclinações, então uma resposta pós-colonial é fazer as pessoas voltarem a acreditar em si mesmas. Como diversos estudiosos observam, Mandela, ao longo dos anos, encontrou uma maneira de converter seu respeito pela dignidade humana de cada indivíduo numa prática política por meio do diálogo: transformando a conversa entre fronteiras numa expectativa cultural ampla e num meio de alcançar um terreno comum e a mútua consideração. Para ele, a reconciliação nacional também significava convencer os cidadãos sul-africanos, pelo exemplo, a agir com base no mesmo respeito. Quais são, então, as principais percepções que sua *teoria vivida da transformação* nos oferece?

Costumava-se dizer que, com o fim do apartheid, os sul-africanos poderiam começar a apreciar a normalidade na vida: no trabalho, na diversão, no amor. Njabulo Ndebele, o importante crítico da *normalidade redescoberta*, afirmava que, em contraste com o apartheid, o qual, com seus excessos de violência, era puro espetáculo, num mundo pós-apartheid seria possível reconhecer em toda a sua complexidade e nuance a vida normal que as pessoas haviam lutado para preservar. Por um processo de fusão lógica, Mandela, na medida em que era visto como criador da nova África do Sul, poderia também, com seu apreço pelo diálogo, a sensibilidade à ambivalência e seu senso de humor, ser plausivelmente visto como um paladino do comum?

Por atraente que essa caracterização possa ser, a resposta à pergunta é: provavelmente não. Apesar de sua preferência por uma vida simples, Mandela não é comum por nenhum critério, seja como ser humano ou fenômeno cultural. Ao longo da vida, como orador em Sophiatown e guerrilheiro na clandestinidade, ele encenou espetáculos de justiça e desafio que, em termos de impacto, se equiparavam aos espetáculos perversos do apartheid. A alegação de que era igual a mim e a você apenas reforçava, por um astucioso contraste, a magnitude desses espetáculos. Assim, o cerne de sua grande realização simbólica não pode consistir *meramente* no conceito de um cotidiano recuperado.

> Mesmo aquele idoso com o sorriso de uma criança travessa, Madiba, a quem ele chegou a considerar o salvador do antigo mundo: todos têm o mesmo ar frágil de vulnerabilidade, de almas estéreis apesar de anos de cultivo fervoroso. "A luta" semeou esperanças luminosas e ideias incandescentes, mas veja o que eles estão colhendo: normalidade, mas também uma vaidade alimentada por dissimulação e olhares autossedutores no espelho de suas histórias pessoais.
>
> **Achmat Dangor, *Bitter Fruit* (2003)**

Completando um desenvolvimento que se iniciou com a adoção do multirracialismo por volta de 1950, Mandela no cárcere começou a transferir a base de seu conceito de identidade humana, passando do parcial e racial para algo mais universal e recíproco. Transitando por várias situações de interação pessoal, Mandela passou cada vez mais a tratar os outros não como integrantes de certo grupo ou partido, mas, em primeiro lugar e acima de tudo, como seres humanos, como agentes imprevisíveis, complexos, mas sempre éticos (ou potencialmente éticos). Passou a se interessar mais pela semelhança do que pela diferença; concentrou-se na interação, não na distinção ou separação.

Em relação ao pensamento pós-colonial na África, que se tem concentrado habitualmente no conflito polarizado entre opressor e oprimido, Mandela recuperou a ideia do ser humano como semelhante – o humano percebido não como algo fixo, mas fluido, multifacetado, poético e, mais importante, definido pela reciprocidade. Sua visão política nasceu da prática anticolonial e antiapartheid, mas se desenvolveu durante os diálogos na prisão e as negociações com o inimigo, transformando-se em esperança de envolvimento que desafiava a antinomia.

Ainda que Mandela nunca tenha desconsiderado o risco e a incerteza que acompanham o processo de abordar o outro, sua compreensão mais ampliada do ser humano semelhante se coordena, em certa medida, com o conceito humanista cristianizado do *ubuntu*, popularizado por Desmond Tutu. Isso se reflete no ditado nguni de Tutu, *umntu ngumntu ngabantu*, que significa "uma pessoa é uma pessoa por meio de outras pessoas" ou "meu eu depende do seu eu": *estou bem se você estiver bem*. No caso de Mandela, essa ideia se traduz no discurso de 1985, recusando a libertação condicional oferecida por Botha quando diz a seu povo: "A sua liberdade e a minha são inseparáveis". Esse reconhecimento recíproco da contingência, essa aventura de se abrir à humanidade do outro eram anátemas autoevidentes para o sistema do apartheid.

Na parte final do canônico chamado às armas de Fanon, *Os condenados da terra*, ele antevê o dia em que a nova nação pós-colonial criará "homens novos". Na conclusão, ele insiste como o Terceiro Mundo vai reumanizar as massas da humanidade e reescrever a história, mas não imitando a Europa, que sempre procede por oposições absolutas. Pelo contrário, ao criar novas conexões intensificadas, o Terceiro Mundo criará uma humanidade que ultrapassa e cancela a experiência colonial.

Por meio de suas práticas dialógicas tanto na prisão como em outros lugares, Mandela contribuiu vigorosamente para a redefinição pós-colonial do humano anunciada por Fanon, mas ao mesmo tempo levando-a para outra direção. Em primeiro lugar, ele acrescentou ao novo humanismo a ideia de que os colonizados se refazem por meio de formas e energias *diferentes* – ou pelo menos adicionais – das envolvidas na morte. Isso significa que Mandela abriu mão da "violência irreprimível" de Fanon como meio de fazer a história, advogando em seu lugar a conversa, a confiança e a atenção ao ouvir o outro.

Sua segunda contribuição fundamental para a difícil definição de um humanismo remodelado, mais abrangente, foi africanizá-lo de maneira sutil, mas determinada (como no *ubuntu*). Sempre lembrando aos adeptos e aos inimigos sua africanidade, ele alinhou seu humanismo pelos valores da harmonia social e apoio mútuo que sempre estiveram no cerne do socialismo africano. Como o pan-nacionalista Aimé Césaire poderia ter dito, o humanismo de Mandela era feito na medida *tanto* do mundo *quanto* da África, definido pela perspectiva daqueles que tiveram sua humanidade historicamente negada. Em termos radicais, o africano ocupava o centro de seu conceito de humano, e *não* a margem ou o lado de fora contra o qual, mais convencionalmente, entendia-se o humano.

Os ideais de humanidade e liberdade do Iluminismo foram notoriamente definidos em contraposição à África, assombrados pela figura do "outro" negro racializado. Em decorrência disso, tornou-se impossível pensar numa identidade africana, moderna ou tradicional, que fosse isenta das construções preconceituosas da razão ocidental. O papel de Mandela encarnando um humanismo aberto e revisto era uma solução eficaz desses dois quebra-cabeças coloniais. Mesmo quando expunha os arrazoados da lei e do Estado, tanto no tribunal quanto no governo, ao mesmo tempo interpretava seu papel específica e deliberadamente como homem negro, como africano negro.

Por recusar uma doutrina de coerência demasiado rígida, Mandela pôde montar justaposições interessantes, como africanidade e racionalidade. Tal como no delicado equilíbrio de sua construção de um consenso, ele entremeava aspectos da tradição africana com a modernidade colonial, ao apresentá-los como já modernos, e ainda assim únicos e nativos. A identidade africana, disse ele em 1997, sempre foi "o produto de nosso engajamento na história mundial". Sua presença em diversos contextos públicos colocou decididamente a África dentro de um leque de categorias – racionalidade, moral, justiça – do qual tinha sido excluída. Sua metodologia política – culta, competente, perspicaz – introduziu o continente em toda a sua complexidade, com ímpeto e arrojo, dentro da narrativa da história mundial.

**

Nelson Mandela – figura, ícone, signo, sorriso – tem sido representado com tão excessiva frequência a ponto de ficar banalizado, explorado em seu significado até desaparecer qualquer noção do ser humano por trás do rosto público. Sua história pessoal de superação é vista, em ampla medida, como a dádiva ética do país ao novo século. Mas, por ironia, ainda não existe nenhuma representação de Mandela que evoque aquela que é talvez sua mais grandiosa realização: como ele veio a entender a conversa como um imperativo humano. Se essa representação existisse, provavelmente se assemelharia a um conjunto de improvisação musical, um ritmo complexo de jazz se difundindo no tempo, impossível de ser recuperado com exatidão. Somente um *riff* de jazz conseguiria captar ao mesmo tempo o risco e a tenacidade com que Mandela se engajou com o puro e simples conversar: como ele colocou a ideia dos seres humanos em interação no próprio cerne de sua visão do futuro.

Impossível falar de amenidades com um ícone
E por isso, para encontrar palavras,
Olho aqueles nós dos dedos esmigalhados
Do antigo boxeador.
Achatados, troncudos, neles encontro
Algo tranquilizador, em parte,
Algo inquietante, levemente,
Algo, pelo menos, não transcendente.

Jeremy Cronin, "Poem for Mandela", ***Even the Dead*** **(1997)**

Leituras complementares

Capítulo 1

Sobre a vida de Mandela, entre as biografias fidedignas estão:

Tom Lodge, *Mandela: A Critical Life* (Oxford University Press, 2006).

Fatima Meer, *Higher than Hope: The Authorized Biography of Nelson Mandela* (Hamish Hamilton, 1990 [1988]).

Anthony Sampson, *Mandela: The Authorized Biography* (Harper Collins, 2000).

Sobre os símbolos principais:

Nadine Gordimer, *Living in Hope and History* (Bloomsbury, 1990).

Isabel Hofmeyr, *The Portable Bunyan: A Transnational History of The Pilgrim's Progress* (Princeton University Press, 2004).

Martin Kalungu-Banda, *Leading like Madiba* (Double Storey, 2006).

Xolela Mangcu (org.), *The Meaning of Mandela* (HCRC, 2006).

As complexidades da narrativa biográfica:

James Clifford, "Hanging Up Looking Glasses at Odd Corners: Ethnobiographical Prospects", in *Studies in Biography*, ed. D. Aaron (Harvard University Press, 1978).

Liz Stanley, *The Autobiographical 1* (Manchester University Press, 1992).

Representação cultural na África do Sul de Mandela:

Annie E. Coombs, *History After Apartheid: Visual Culture and Public Memory in a Democratic South Africa* (University of the Witwatersrand Press, 2004).

Leon de Kock, Louise Bethlehem e Soja Laden (orgs.), *South Africa in the Global Imaginary* (UNISA Press, 2004).

Múltiplas camadas da modernidade pós-colonial:

David Attwell, *Rewriting Modernity: Studies in Black South African Literary History* (University of Kwazulu-Natal Press, 2005).

Dipesh Chakrabarty, *Provincializing Europe: Postcolonial Thought and Historical Difference* (Princeton University Press, 2000).

Frases e expressões de Mandela:

Jennifer Cryws-Williams, *In the Words of Nelson Mandela* (Penguin, 1997).

Capítulo 2

Sobre a iconografia dos líderes nacionais:

Elleke Boehmer, *Stories of Women: Gender and Narrative in the Postcolonial Nation* (Manchester University Press, 2005).

Geoffrey Cubitt e Allen Warren (orgs.), *Heroic Reputations and Exemplary Lives* (Manchester University Press, 2000).

Philip Holden, *Autobiography and Decolonization* (Wisconsin University Press, 2006).

Patologias raciais coloniais:

W. E. B. du Bois, *The Souls of Black Folk* (Barnes and Noble, 2003).

Frantz Fanon, *Black Skin, White Masks*, trad. Charles Lam Markmann (Pluto, 1986 [1952]) [*Pele negra, máscaras brancas*. Trad. Renato da Silveira (UFBA, 2008)].

Mandela – autobiografias e memórias:

Frieda Bokwe Matthews, *Remembrances* (Mayibuye Books, 1995).

Ahmed Kathrada, *Memoirs* (Zebra, 2004).

Nelson Mandela, *Long Walk to Freedom* (Little, Brown, 1994) [*Longo caminho até a liberdade*. Trad. Paulo Roberto Maciel dos Santos (2012, Nossa Cultura)].

Elinor Sisulu, *Walter and Albertina Sisulu: In Our Lifetime* (Abacus, 2003).

Gillian Slovo, *Every Secret Thing: My Family, My Country* (Little, Brown, 1997).

Outras biografias:

Mary Benson, *Nelson Mandela*, ed. rev. (Penguin, 1989) [*Nelson Mandela: o homem e o movimento*. Trad. Maria L. Ioriatti (Brasiliense, 1987)].

Luli Callinicos, *Oliver Tambo: Beyond the Engeli Mountains* (David Philip, 2004).

Jean Guiloineau, *The Early Life of Rolihlahla Madiba Nelson Mandela*, trad. Joseph Rowe (North Atlantic Books, 2002).

Michael Meredith, *Nelson Mandela; The Authorized Portrait*, ed. Mac Maharaj et al. (PQ Blackwell, 2006).

Mike Nicol, "Narrative" in Mandela: The Authorized Portrait, ed. Mac Maharaj et al. (PQ Blackwell, 2006)

Palavras de Mandela:

Ruth First (org.), *No Easy Walk to Freedom* (Heinemann, 1965).

Ato Quayson (org.), *No Easy Walk to Freedom* (Penguin, 2002).

International Defence and Aid Fund (org.), *The Struggle is My Life* (International Defence and Aid Fund, 1978) [*A luta é a minha vida*. Trad. Celso Nogueira. (Globo, 1988)].

Kader Asmal, David Chidester e Wilmot James (orgs.), *In His Own Words: From Freedom to the Future* (Abacus, 2004).

Capítulo 3

Sobre o apartheid e o pós-apartheid:

James Barber, *Mandela's World: The International Dimension* (James Currey, 1994).

William M. Gumede, *Thabo Mbeki and the Battle for the Soul of the ANC* (Zebra, 2005).

Robert Harvey, *The Fall of Apartheid* (Macmillan, 2001).

Tom Lodge, *Politics in South Africa from Mandela to Mbeki* (James Currey, 2003).

Francis Meli, *South Africa Belongs to Us: A History of the ANC* (Zimbabwe Publishing House, 1988).

Allister Sparks, *Tomorrow is Another Country* (Heinemann, 1995).

Winnie Mandela:

Anné Mariè Du Preez Bezdrob, *Winnie Mandela: A Life* (Zebra, 2003).
Emma Gilbey, *The Lady: The Life and Times of Winnie Mandela* (Vintage, 1994).
Njabulo Ndebele, *The Cry of Winnie Mandela: Novel* (David Philip, 2003).

Análises políticas de Mandela:

Nelson Mandela, "Clear the Obstacles and Confront the Enemy" e "Whither the Black Consciousness Movement?" in *Reflections in Prison*, ed. Mac Maharaj (Zebra, 2001).
Nelson Mandela, "National Liberation", inédito, cit. in Anthony Sampson, *Mandela.*

Capítulo 4

Sobre o nacionalismo africano em contexto transnacional:

Steve Biko, *I Write What I Like* (Heinemann, 1978) [*Escrevo o que quero.* Trad. Grupo Solidário São Domingos (Ática, 1990)].
Paul Gilroy, *The Black Atlantic: Modernity and Double Consciousness* (Verso, 1993).
Walter Goebel e Saskia Schabio (orgs.), *Beyond the Black Atlantic* (Routledge, 2006).
Sheridan Johns e R. Hunt Davis, Jr., *Mandela, Tambo, and the African National Congress: The Struggle against Apartheid 1948-1990* (Oxford University Press, 1991).
George Padmore, *Pan-Africanism or Communism?* (Dennis Dobson, 1956).

Colaboração internacional:

Elleke Boehmer, *Empire, the National, and the Postcolonial, 1880-1920* (Oxford University Press, 2002).

Leela Gandhi, *Affective Communities: Anti-Colonial Thought, Fin-de-Siècle Radicalism, and the Politics of Friendship* (Duke University Press, 2006).

Robert Young, *Postcolonialism* (Blackwell, 2001).

GANDHI NA ÁFRICA DO SUL:

Surendra Bhana, *Gandhi's Legacy: The Natal Indian Congress 1894-1994* (University of Natal Press, 1997).

Judith M. Brown e Martin Prozesky (orgs.), *Gandhi and South Africa* (University of Natal Press, 1996).

Eric Itzkin, *Gandhi's Johannesburg* (University of Witwatersrand Press, 2001).

M. K. Gandhi, *An Autobiography; or the Story of My Experiments with Truth* (Navajivan Publishing House, 1958 [1927]) [*Autobiografia: Minha vida e minhas experiências com a verdade.* Trad. Humberto Mariotti e Lia Diskin (Palas Athena, 1999).]

Nelson Mandela, "Gandhi the Prisoner", in *Mahatma Gandhi: 125 Years*, ed. B. R. Nanda (Indian Council for Race Relations, 1995).

Nelson Mandela, "The Sacred Warrior – Nelson Mandela on Gandhi", *Time Magazine*, 3 de janeiro de 2000: www.sa-venues.com/nelson_mandela.htm.

NEHRU:

Jawaharlal Nehru, "From Lucknow to Tripoli", *The Unity of India: Collected Writings 1937-1940* (John Day, 1942).

Jawaharlal Nehru, *An Autobiography*, ed. rev. (The Bodley Head, 1942).

Jawaharlal Nehru, *The Discovery of India* (Oxford University Press, 2002).

FANON:

Anthony Clayton, *The Wars of French Decolonization* (Longman, 1994).

Frantz Fanon, *Studies in a Dying Colonialism*, trad. Haakon Chevalier (Earthscan Press, 1989).

Frantz Fanon, *The Wretched of the Earth*, trad. Constance Farrington (Penguin, 1986 [1961]) [*Os condenados da terra.* Trad. José Laurênio de Melo (Civilização Brasileira, 1968).]

Capítulo 5

Sobre a África e a modernidade:

John e Jean Comaroff, *Of Revelation and Revolution: Christianity, Colonialism, and Consciousness in South Africa* (University of Chicago Press, 1991).

J.-G. Deutsch et al. (orgs.), *African Modernities: Entangled Meanings in Current Debate* (James Currey, 2002).

O fenômeno de Sophiatown:

Michael Chapman (org.), *The Drum Decade: Stories from the 1950s*, 2a. ed. (University of Natal Press, 2001).

David Coplan, *In Township Tonight!* (Ravan Press, 1985).

Bloke Modisane, *Blame Me on History* (Thames and Hudson, 1963).

Rob Nixon, *Homelands, Harlem, and Hollywood* (Routledge, 1994).

Lewis Nkosi, *Home and Exile* (Longman, 1965).

Anthony Sampson, *Drum: The Making of a Magazine*, 3a. ed. (Jonathan Ball, 2005).

Derreck Thema, *Kortboy: A Sophiatown Legend* (Kwela Books, 1999).

Reflexões literárias e autobiográficas sobre Mandela:

Achmat Dangor, *Bitter Fruit* (Atlantic Books, 2003).

Ellen Kuzwayo, *Call Me Woman* (The Women's Press, 1985).

Winnie Mandela (e outros), *Part of My Soul Went with Him* (Norton, 1985) [*Parte de minha alma.* Trad. Luisa Ribeiro (Rocco, 1986)].

Lewis Nkosi, *Mandela's Ego* (Umusi, 2006).

Poemas sobre Mandela:

Richard Bartlett (org.), *Halala Madiba: Nelson Mandela in Poetry* (Aflame Books, 2006).

Jeremy Cronin, *Even the Dead* (Mayibuye Books, 1997).

Jeff Opland, *The Dassie and the Hunter* (narrative do poeta Tembu David Manisi) (University of KZN Press, 2005).

Wole Soyinka, *Mandela's Earth* (Andre Deutsch, 1988).

Capítulo 6

Sexo e nacionalismo:

Dorothy Driver, "Drum Magazine 1951-9 and Gender", in *Text, Theory, Space*, ed. Sarah Nuttall et al. (Routledge, 1993).

Ashis Nandy, *The Intimate Enemy* (Oxford University Press, 1983).

Rajeswari Sunder Rajan, *Real and Imagined Women* (Routledge, 1993).

Corpos sob o império:

E. M. Collingham, *Imperial Bodies* (Polity, 2001).

Achille Mbembe, "Faces of Freedom: Jewish and Black Experiences", *Interventions* 7(3) (2005): 293-8.

Ann Laura Stoler, *Carnal Knowledge and Imperial Power* (University of California Press, 2002).

Christine Sylvester, "Bare Life as a Development/Postcolonial Problematic", *The Geographical Journal* 172(1) (março de 2006): 66-77.

Autorrepresentação de Mandela:

Jacques Derrida e Mustafa Tlili (orgs.), *For Nelson Mandela*, trad. Franklin Philip et al. (Seaver Books, 1987 [1986]).

J. M. Coetzee, "The 1995 World Cup", in *Stranger Shores* (Secker, 2001).

John Kane, *The Politics of Moral Capital* (Cambridge University Press, 2001).

Phillipe-Joseph Salazar, *An African Athens: Rhetoric and the Shaping of Democracy in South Africa* (Lawrence Erlbaum, 2002).

CAPÍTULO 7

SOBRE A ENCARNAÇÃO DA LIBERDADE E DO FUTURO:

Hélène Cixous, *Manna for the Mandelstams for the Mandelas*, trad. Catherine McGillivray (Minnesota University Press, 1994).

Isidore Diala, "Interrogating Mythology: The Mandela Myth and Black Empowerment", *Novel: A Forum on Fiction* 38(1) (2004): 41-56.

ILHA ROBBEN:

The Robben Island General Recreational Committee Archive 1966-91, UWC-Robben Island Mayibuye Archives, MCH 64: 50-82.

Neville Alexander, *Robben Island Dossier 1964-74* (University of Cape Town Press, 1994).

Fran Lisa Buntman, *Robben Island and Prisoner Resistance to Apartheid* (Cambridge University Press, 2003).

Eddie Daniels, *There and Back: Robben Island 1964-1979*, 3a. ed. (CTP Books, 2002).

Athol Fugard, John Kani e Winston Ntshona, "The Island", in *The Township Plays*, ed. Dennis Walder (Oxford University Press, 1993).

James Gregory, *Goodbye Bafana: Nelson Mandela, My Prisoner, My Friend* (Headline, 1995).

Mac Maharaj, *Reflections in Prison* (Zebra, 2001).

ESPECTRALIDADE:

Jacques Derrida, *Spectres of Marx*, trad. Peggy Kamuf (Routledge, 1994) [*Espectros de Marx*. Trad. Ana Maria Skinner (Relume Dumará, 1994)].

Jacques Derrida, "Il faut toujours parler de l'Afrique du Sud au future antérieur", *Newton Zebra* 11 (1998): 22-27.

HORTICULTURA COMO FORMA DE SOBREVIVÊNCIA:

J. M. Coetzee, *Life and Times of Michael K* (Secker, 1983) [*Vida e época de Michael K*. Trad. José Rubens Siqueira (Companhia das Letras, 2003).]

Verne Harris (org.), *A Prisoner in the Garden: Opening Nelson Mandela's Prison Archive* (Nelson Mandela Foundation, 2004).

Bessie Head, *A Question of Power* (Heinemann, 1973).

Construção espacial:

Rita Barnard, *Apartheid and Beyond: South African Writers and the Politics of Place* (Oxford University Press, 2006).

Antoinette Burton, *Dwelling in the Archive: Women Writing Home* (Oxford University Press, 2003).

Capítulo 8

Sobre a África do Sul pós-colonial:

Derek Attridge e Rosemary Jolly (orgs.), *Writing South Africa: Recent Literature and its Challenges* (Cambridge University Press, 1998).

Sandile Dikeni, *Soul Fire: Writing the Transition* (University of Natal Press, 2002).

Sarah Nuttall e Cheryl-Ann Michael (orgs.), *Senses of Culture: South African Culture Studies* (Oxford University Press, 2000).

Neoliberalismo na África do Sul:

Neville Alexander, *An Ordinary Country: Issues in the Transition from Apartheid to Democracy in South Africa* (University of Natal Press, 2002).

Patrick Bond, *Elite Transition: From Apartheid to Neo-liberalism in South Africa* (Pluto, 2000).

Hein Marais, *South Africa, Limits to Change*, 2a. ed. (Zed Books, 2001).

Nação, eu e o outro:

Kwame Anthony Appiah, *Cosmopolitanism: Ethics in a World of Strangers* (Allen Lane, 2006).

Jacques Derrida e Anne Dufourmantelle, *Of Hospitality*, trad. R. Bowlby (Stanford University Press, 2000).

Simon Gikandi, "Race and the Idea of the Aesthetic", *Michigan Quarterly Review* 40(2) (Primavera de 2001): 318-350.
Ghassan Hage, *Against Paranoid Nationalism* (Pluto, 2003).

Mandela para crianças:
Madiba Magic: Nelson Mandela's Favourite Stories (Tafelberg, 2002).

CRONOLOGIA

1846-1847 "Guerra do Machado" na fronteira, entre colonos britânicos do Cabo Oriental e os xhosas e um ramo do povo tembu.

1857 O movimento Matança do Gado em Transkei, liderado pela profetisa Nongqawuse, leva a fome ao povo xhosa.

1877-1878 Última Guerra da Fronteira, na qual o povo tembu migrante apoia os vizinhos xhosas e o povo tembu sediado no Transkei apoia os brancos.

1894 Mohandas Gandhi funda o Congresso Indiano de Natal em Durban.

1899-1902 Guerra Anglo-Bôer.

1906 Rebelião bambata zulu, desencadeada pela recusa em pagar o imposto *per capita.*

1910 União da África do Sul.

1912 Formação do Congresso Nacional Nativo Sul-Africano (a partir de 1923, o CNA).

1913 Lei da Terra Nativa: 87% das terras sul-africanas são oficialmente distribuídas aos brancos.

1918 Fim da Primeira Guerra Mundial.
18 de julho: Nelson Mandela nasce em Mvezo, no Transkei.

1920 Esmagada a greve de mineiros negros.
Mandela se muda com a mãe e as irmãs para Qunu, depois que seu pai é demitido por um magistrado branco.

1923 Formação do Congresso Indiano Sul-Africano.

1925 Mandela entra na escola e recebe prenome europeu, dado pela professora Miss Mdingane.

1926 Declaração de Balfour.

1927 Legislação proibindo relações sexuais inter-raciais.
Após a morte do pai, Mandela vai morar com o tutor, o chefe Jongintaba.

1931 Dezembro: primeiras manifestações com queima dos passes.

1933 Coalizão dos partidos africâneres com liderança de Hertzog e Smuts (desfaz-se em 1939, com a decisão do país de entrar na guerra).

1934 Circuncisão de Mandela, junto com o primo Justice.

1935 Mandela se matricula no Instituto de Clarkebury, dirigido por missionários.

1936 Lei da Terra Nativa determina a perpetuidade da distribuição de terras de 1913.
Os africanos perdem os direitos de voto no Cabo.

1937 Mandela vai para a escola de Healdtown.

1939 Início da Segunda Guerra Mundial.
Mandela se matricula na Universidade de Fort Hare para se formar para o funcionalismo público.

1940 Hertzog e Malan lançam o Partido Nacional reformado.
Mandela abandona Fort Hare sem concluir o curso, depois de participar da greve do CRD.

1941 Mandela e Justice escapam dos casamentos arranjados fugindo para Johannesburgo. Por intermédio do empresário Walter Sisulu, Mandela consegue emprego como escriturário no escritório de advocacia de Witken, Sidelsky e Eidelman, até concluir o curso por correspondência, formando-se em 1942.

1942 Mandela filia-se ao CNA.

1943 Mandela matricula-se no curso de bacharelado em direito na Universidade de Witwatersrand, em Johannesburgo.
Agosto: sucesso do boicote aos ônibus em Alexandra.
Formação e (em 1944) lançamento da Liga da Juventude do CNA com Sisulu (tesoureiro), Oliver Tambo (secretário) e Mandela como membro da executiva.

1944 Casamento com Evelyn Mase, a primeira esposa. Escreve artigos jurídicos e começa estudos em tempo integral.

1945 Nasce o filho Madiba Thembekile (Thembi).

1946 Greve dos mineiros africanos.

1947 Eleito para a executiva do CNA na província do Transvaal; Mandela opõe-se à campanha "Voto para Todos" do PCSA, CISA e CNA.

1948 Partido Nacionalista africâner, dirigido por Daniel Malan, chega ao poder com o programa explícito de transformar a segregação racial (apartheid) em lei.
Nasce a primeira filha, Makaziwe, que morre aos nove meses.

1949 Dezembro: a LJCNA obtém o controle da executiva do CNA.

1950	Várias novas leis – Registro da População, Áreas por Grupos, Proibição do Comunismo – finalizam a implantação do sepulcro branco do apartheid.
	A LJCNA admite nova política multirracial.
	Mandela passa a fazer parte da executiva nacional do CNA.
	26 de junho: ajuda a organizar o "Dia de Luto" do CNA-CISA.
	Setembro: eleito para a presidência da LJCNA.
	Nasce seu segundo filho, Makgatho.
1952	Campanha de Desafio do CNA-CISA.
	Mandela recebe ordem de interdição. É aprovado nos exames para o exercício profissional do direito e abre um escritório de advocacia na Chancellor House, em Johannesburgo, com Tambo.
	Eleito presidente do CNA da província do Transvaal, e depois vice-presidente do CNA. Albert Luthuli é eleito presidente do CNA.
1953	Lei de Ensino em Bantu.
	Mandela renuncia ao cargo do CNA para cumprir o mandado de interdição.
1954	Desapropriações de Sophiatown.
	Nasce a filha Pumla Makaziwe (Maki).
1955	26 de junho: Congresso do Povo em Kliptown, Johannesburgo.
	Adoção da Carta da Liberdade (base da futura constituição sul-africana).
	Fracassa o boicote do CNA ao Ensino em Bantu.
1956	9 de agosto: Marcha das Mulheres sobre Pretória para protestar contra as leis do passe. Boicotes aos ônibus em toda a Johannesburgo.
	6 de dezembro: 156 homens e mulheres representando o CNA, o CISA, o Congresso do Povo Mestiço e o Congresso dos Democratas são presos e acusados de alta traição.
	Início do Julgamento por Traição (-1961).
1957	Desfeito o casamento com Evelyn.
1958	Mandela se casa com a segunda esposa, Nomzamo Winifred Madizikela (Winnie), assistente social.
1959	O Congresso Pan-Africano se separa do CNA.
	Início do Movimento Internacional contra o apartheid.
	Nasce a filha Zenani.

1960 21 de março: massacre de Sharpeville, com 69 manifestantes negros mortos por disparos da polícia. Decretado estado de emergência: 20 mil detenções, 2 mil reclusões sem julgamento. Proscrição do CNA e do CPA.
Nasce a filha Zindziswa.

1961 Março: os réus no Julgamento por Traição são absolvidos.
Mandela desaparece na clandestinidade.
A África do Sul se torna república e sai do Commonwealth.
Dezembro: criação do Umkhonto we Sizwe.

1962 Mandela viaja pela África e pela Europa, recebe treinamento militar, reúne-se com políticos e líderes ativistas.
5 de agosto: capturado na região central de Kwazulu-Natal e condenado a cinco anos de prisão.

1963 Lei de Detenção por noventa Dias. Mandela é enviado para a Ilha Robben, reintimado após a batida policial em Liliesleaf Farm, em Rivonia. Acusado de sabotagem e de planejar uma invasão armada. Começa o Julgamento de Rivonia.

1964 20 de abril: Mandela faz seu discurso no banco dos réus.
12 de junho: oito réus no Julgamento de Rivonia são condenados à prisão perpétua.

1968 Steve Biko forma a Organização de Estudantes Sul-Africanos.
Morre a mãe de Mandela.

1969 Maio: Winnie Mandela fica detida por 491 dias, pela Lei do Terrorismo.
Julho: Thembi morre num acidente de carro. Mandela não consegue autorização para assistir ao funeral.

1974-1975 Queda de Salazar em Portugal leva à independência de Angola e Moçambique.
Mandela escreve sua autobiografia em segredo.

1976 Lei da Segurança Interna.
África do Sul invade Angola.
16 de junho: revolta dos estudantes de Soweto contra o Ensino Bantu deixa 618 mortos, 1,5 mil feridos, mais de 13 mil detidos.
Mandela rejeita proposta de redução condicional da pena.

1977 17 de maio: Winnie Mandela recebe ordem de interdição em Brandfort.
12 de setembro: Biko é morto na prisão, e as organizações da CN são proibidas.

1979	Mandela, de corpo ausente, é agraciado com o Prêmio Nehru de Entendimento entre as Nações.
1980	Início da campanha mundial "Libertem Mandela" do MAA.
	1º de junho: as Operações Especiais do CNA explodem bombas na refinaria de petróleo SASOL.
1982	Mandela e mais quatro presos de Rivonia são transferidos para a Prisão de Pollsmoor.
1983	Formação da UDF, abrangendo organizações antiapartheid na legalidade.
1984	Resistência por toda a nação à nova constituição estabelecendo a segregação da população. Acordo de Nkomati entre a África do Sul e Moçambique. Bispo Desmond Tutu recebe o Prêmio Nobel da Paz.
1985	31 de janeiro: P. W. Botha oferece liberdade condicional a Mandela.
	11 de fevereiro: Mandela responde com o discurso lido pela filha Zindzi no Soweto: um prisioneiro, como um povo sem liberdade, "não pode dar garantias quanto à violência".
	Criação do Congresso dos Sindicatos Sul-Africanos.
	A resistência ao apartheid monta uma frente ampla.
	20 de julho: estado de emergência.
	Dezembro: Mandela é operado da próstata e tem o primeiro encontro com o ministro da Justiça Kobie Coetsee.
1986	Mandela tem encontro com o Grupo de Pessoas Eminentes do Commonwealth.
	12 de junho: renovação do estado de emergência.
1987	Novembro: é solto o primeiro condenado de Rivonia, Govan Mbeki, por problemas de saúde.
1988	Fevereiro: proibição da UDF.
	Março: derrota sul-africana em Cuito Cuanavale.
	Julho: campanha Libertem Mandela organiza a comemoração do 70º aniversário no Estádio de Wembley, em Londres.
	Dezembro: Mandela é transferido para Victor Verster após tratamento de tuberculose.
1989	F. W. de Klerk assume a presidência do país em lugar de Botha.
1990	11 de fevereiro: Mandela é libertado.

	Abril: "conversas sobre conversas" entre o governo e o CNA.
	Agosto: CNA renuncia ao uso de armas.
1991	Mandela é eleito presidente do CNA.
	Dezembro: Convenção para uma África do Sul Democrática (COASDE).
1992	Plebiscito branco mostra maioria favorável à reforma.
	Separação formal de Winnie.
1993	Assassinato do líder do PCSA Chris Hani.
	Setembro: criação de um conselho executivo de transição.
	Outubro: Mandela e De Klerk dividem o Prêmio Nobel da Paz.
	18 de novembro: adoção da nova constituição.
1994	27-28 de abril: 19 milhões de sul-africanos votam nas primeiras eleições democráticas.
	10 de maio: Mandela toma posse como presidente.
1995	Mandela recebe a Ordem do Mérito das mãos da rainha Elizabeth II.
	Novembro: o autor e ativista nigeriano Ken Saro-Wiwa é executado, a despeito da diplomacia de Mandela.
1996	Abril: Comissão da Verdade e Reconciliação, nos moldes de Comisión chilena de 1990, presidida pelo arcebispo Tutu, dá início a dois anos de audiências e depoimentos das vítimas do apartheid.
	Divórcio de Winnie.
1998	Mandela se casa com Graça Machel.
1999	A África do Sul tem o maior índice de pessoas com HIV/AIDS no mundo (4-5 milhões = 10% da população)
	Junho: CNA vence a segunda eleição geral. Mandela transmite o cargo para Thabo Mbeki.
2000	Mandela se retira formalmente da vida pública.
2002	Promove formalmente a conscientização sobre HIV/AIDS.
2005	Anuncia a morte do filho Makgatho, de AIDS.
2006	Agraciado com o prêmio de Embaixador da Consciência da Anistia Internacional.
2007	Inauguração da estátua de Mandela na Westminster Square, em Londres.

Índice remissivo

D

Lista de ilustrações

O editor e a autora pedem desculpas por qualquer erro ou omissão na lista acima. Se contatados, terão prazer em retificá-los na primeira oportunidade.

IMPRESSÃO:

GRÁFICA EDITORA Pallotti IMAGEM DE QUALIDADE

Santa Maria - RS - Fone/Fax: (55) 3220.4500
www.pallotti.com.br